ドラキュラ記念吸血鬼フェスティバル

赤川次郎

集英社文庫

イラストレーション／ホラグチカヨ
目次デザイン／川谷デザイン

ドラキュラ記念吸血鬼フェスティバル

CONTENTS

ドラキュラ記念吸血鬼フェスティバル

吸血鬼の給与明細

待つ日

何度もケータイを取り出し、日付を確かめた。

今は二十五日！　間違いなし！

「ああ……」

小田正吉（おだしょうきち）は、ため息をついた。もし、今日が本当は二十四日だったりしたら……。

そう考えると心配になって、またケータイを見直してしまうのである。

道を行く小田正吉が、いささか（というより大分）元気がないように見えたとしても仕方ないだろう。なぜって、本当に「元気がなかった」のだから。

何しろ、昨日の昼からずっと、何も食べていない。昨日の夕食、今日の朝食、昼食と三食――つまり丸一日。何も食べていなかったのだ。

二十五日の給料日まで……。なんとかもたせられると思っていたら、三日前に突然、

「今度の旅行の費用」

を徴収されてしまった。

かくて、小田は今、本当に一文なしで——一応小銭入れに二百円くらいは入っていたが——ただひたすら銀行に向かって歩いていた。

銀行の前に着いて、小田はもう一度ケータイで、今日が二十五日であることを確かめた。

「やれやれ……」

給料が振り込まれているはずだ。

早速伝票を書いて、まず十万円だけ引き出すことにした。月給丸ごと引き出す同僚もいたが、それでは次の給料日までに、また使い切ってしまいそうで怖かった。

窓口に出して番号札を手に長椅子に腰をおろす。——二十五日は、やはりお金をおろす人で混んでいた。

カードの引き落としも今日になっている。万一、振込が遅れたりしたら大変だ。

三十分近くも待たされたろうか。

番号を呼ばれ、カウンターの窓口へ、

「お待たせいたしました」

と、窓口の女性がニッコリ微笑んで、

「小田様でいらっしゃいますね」

「はあ」

珍しいな、と思った。大体、この手の客は振り込まれた月給を、ほとんど引き出してしまうので、窓口の女性行員もニコリともせずに、「はい」と現金と通帳をよこすのが普通だ。

「お通帳と現金十万円でございます」

と、わざわざ言って、しかもティシュペーパーまで添えてくれている!

まあ、よほど何かいいことでもあったんだろう。

「どうも」

と、小田が通帳と現金を取ると、

「あの、小田様」

「何か？」

「普通預金のお金、もしすぐにお使いのご予定がございませんでしたら、一日定期預金になさいませんか？」

小田は呆気に取られた。――しかし、どう見ても相手は本気で言っている。

「すみませんね」

と、わけもなく謝って、

「すぐ使うことになるんで、そんな余裕はなくてね。それじゃ」

さっさと窓口を離れる。

銀行を出ると、小田は少々腹が立ってきた。

「あれは俺をからかったのか？」

と、思わず口に出していた。

ともかく――何か食おう！

小田は目の前のファミレスへ飛び込んで、ウェイトレスが水も持ってこないうちに、

「カツカレー!」

と、大声で注文していた。

——小田正吉は三十八歳。〈K貿易〉という中小企業に勤めて十五年。初めの一年は営業だったが、あまりに不向きと判断され、二年目からは庶務に回り、以来ずっとそこにいる。肩書きはない。

今も仕事時間だが、小田が銀行へお金を下ろしに行くのは、課長も分かっていて、黙認してくれていたのだ。

カツカレーは三分で出てきた。

小田はスプーンを引ったくるようにつかんで、食べ始めた。

——小田は当然独身。庶務のように残業手当の付かないセクションにいては、とても妻子を養うだけの給与はもらえない……。

「ああ、やれやれ……」

アッという間にカツカレーを食べてしまうと、

「あいてて……」

空きっ腹に急に食べたので、胃が痛んだ。

そうだ。月給日くらい、ぜいたくしてもいいだろう。

「コーヒーを」

と頼んで、あの銀行員、一体いくら「定期預金にしろ」と言うつもりだったんだ？

「ええと……」

通帳をパラパラめくって、
しばらく、小田の目は通帳に釘付けになっていた。

何だ、これ？　どうしてこんなに「0」がいくつもついてるんだ？

しかし、何度見直しても、残高は普通の桁ではなかったのである。

「一、十、百、千、万……」

と、小田は数えていった。

だが……。

「嘘だろ！」

コーヒーが置かれた。——小田はゴクリとツバを飲み込んだ。

この通帳……。

小田の口座の残高は、二億八千万円になっていた。

コーヒーカップを持つ手が震えた。

二十八万円のはずが……。打ち間違えだ。それにしても、一桁二桁ではない。

二億八千万！　少しはおかしいと思わなかったのだろうか？

やがて小田はちょっと笑った。

銀行の方だって、いずれ気がつく。それまでの「幻」を味わっておこう。

二億八千万か……。もし本当に手もとにこんな金があったら、何を買おう？

そうだな。——まず車だ。

それもスポーツカー。ポルシェかフェラーリか。

いや。それより住む所が先だな。マンションのほどほどの所なら、三千万も出せば買えるだろう。

それでもまだ二億五千万残ってる！

そうだな。一千万かけて、オーディオのセットを揃える。それから背広を三十着ぐらいこしらえて、思い切りフグを食って……。

いくら考えても、二億八千万円を使い切るような「欲しい物」が思いつかない。

「貧乏に慣れてるんだな……」

と、小田は苦笑しながら、コーヒーをゆっくりと飲んで、

「――ここ、おかわり自由だっけ？」

不安な恋人

「小田正吉（おだしょうきち）……」

神代（かみしろ）エリカは、受け取ったメモを見て、

「この人のことを調べるんですか？」

と訊（き）いた。

「お願い。今、冬休みで大学、暇でしょ？」

と、手を合わさんばかりにしているのは、エリカの大学の先輩で、今は〈K貿易〉に勤めているOL、阿部桂子（あべけいこ）。

「まあ……暇ですけど」

と、認めざるを得ないのが辛いところだ。

「だったら、お願い！　今夜何食べてもいいから。ね？」

そう言われても、エリカは後輩だし、父、フォン・クロロックは一応〈クロロック商会〉社長。まさか、「それじゃ遠慮なく」と、好き勝手に注文するわけにいかない。

「——分かりました」

と、エリカは言って、

「でも、名前だけじゃ……。どんな人かも分からないですよ」

「大丈夫。じきに見られるわ」

「え？」

阿部桂子はレストランの入り口の方をチラッと見やると、

「今、入ってきた男の人、いるでしょ」

と、小声になる。

「背広にネクタイの？」

「そう。あれが小田正吉さん」

——都内でも「高級」として知られるフレンチの店。

大して給料が良くない、とよく聞かされていた〈K貿易〉に勤める桂子が、この店でエリカにごちそうするということ自体、普通でない。

「いらっしゃいませ、小田様」

店の人間が、そそくさと寄って、挨拶する。

「いつものお席で」

「うん」

少し奥まった静かな席へ、小田は落ちついた。

「年中来てるんですかね」

と、エリカは言った。

「そうらしいの。たまたま私の友人がここで働いてるんだけど、小田さん、週に三、四回はここで食事してるんですって」

「凄い。——高いですよね、ここ」

「そこがふしぎなの。〈K貿易〉のお給料でこんなお店に来られるわけないのよ」

「じゃ、桂子さんも無理してるんですね」

「それは……。一回ぐらいなら何とか」

「冗談です。自分の分はちゃんと払います」

と、エリカは言った……。

どっちが払うかはともかく、エリカと桂子もオーダーして食事することにした。

「——今日、一九九六年物の白ワインが入っておりまして。大変出来のいい年でございますので。小田様に取っておきました」

「じゃあ、いただこう」

小田は、いかにも慣れている様子で、寛いで見えた。

「小田さんは同じ庶務課なの」

と、桂子は言った。

「営業と違って、歩合制の収入もないし、残業もほとんどないから、残業手当もない。——小田さんはもう三十八だけど、月給は私と大して違わないと思うわ」

「でも、突然ぜいたくな食事を——」

「食事だけじゃない。着てるスーツだって、上等よ」

「分かります」

「それまでは安売り店の、二着で一万円とかいうのをずっと着てたのに……」

エリカは何気なく、

「宝くじに当たったんじゃないですか」

と、スープを飲みながら言った。

そして——いやに長いこと、桂子が何も言わないので、顔を上げると、桂子はポカンとした顔でエリカを眺めていた。

「あの……桂子さん、私、何か悪いこと言いました?」

と、心配になって訊くと、

「——宝くじ! そうよ、そうだわ! どうして気がつかなかったんだろ」

と、桂子は椅子から飛び上がらんばかり。

「あの、大声出すと、先方に聞こえますよ」

「そうね。——エリカさん。あなた、天才だわ!」

「いえ、それほどでも……」

「宝くじ！　きっとそうね。——ああ、良かった！　これで安心して食事できるわ」

エリカはつい微笑んで、

「桂子さん、あの小田って人のこと、好きなんですね」

と言った。

桂子はポッと頰を染めて、

「そうね……。今度のことがあるまでは、そんなふうに思ったことなかったんだけど……。あの人が、何かいけないことをしてお金を稼いだんじゃないか、とか心配し始めると、どんどんのめり込んでいったの」

「ご当人に訊いてみればいいじゃないですか」

とエリカは言った。

「そんなこと……。笑われちゃうわ。私の気のせいだって言われたらそれきりだし」

「でも——」

「いいの。私は小田さんが危ないことしてるんでなきゃ、それでいい！　——さ、食べましょ」

桂子はすっかり気持ちが軽くなった様子だった。

「桂子さん。じゃ、もうあの人のこと、調べなくていいんですか？」

「あ……。そうね」

「宝くじじゃなくて、どこかの遠い叔母さんが遺産を小田さんに遺（のこ）したってことも
あり得ますよ」

「そうね」

桂子は笑って、

「じゃあ、一応調べてくれる？」

と言った。

ついさっきまでの不安そうな様子は、もうかけらもなかった……。

そのワインを一口飲んで、

「――うん、おいしい」

と、小田は肯いた。

「ありがとうございます」

ソムリエがグラスにワインを注ぐ。

小田も、正直なところワインの味が分かるようになるとは思ってもいなかった。

しかし、確かに味の違いがある。

それが分かるということは、小田にとって、人生の新しい発見だった。

小田は、ゆっくりとレストランの中を見渡した。もう何度も来ているが、それでもここにいる自分が信じられない。

――あの日以来、小田は、銀行から、

「通帳を打ち間違えまして」

と言ってくるのを、今か今かと待っていた。

しかし、一週間たち、十日たっても、何の連絡もないのだ。

「使っちまうぞ……」

と、毎夜、通帳を眺めては呟いていた。

そして——半月が過ぎたある夜。

「少しぐらいなら……」

と、入ったのが、このレストランだったのである。

料理のおいしさに感激し、「また来よう」と思った。

一旦、たがが外れると早かった。スーツをオーダーメイドで作り、靴はイタリア、ネクタイはフランス……。

一カ月が過ぎて、次の月給は、ごく当たり前の額だった。

小田はマンションを借りて引っ越し、車も買った（ただし国産車だったが）。

こうして、いつしか小田はこのぜいたくな暮らしに慣れていったのである。

「もし、何か言ってきたら、『そっちが間違ったんだろ！』と言ってやる」

と決めると、ずいぶん気が楽になった。

こうして、週に何度もこのレストランへやってくる。——もちろん、これが永久に続くわけではないだろうが、ともかくまだ当分は大丈夫だ。

小田は、先のことは考えないようにした。

「──あら、小田さん」

と、女性の声がした。

顔を上げると、スラリとした美人が立っている。──どこかで見たことがあるぞ。

「ここでお食事？　ご一緒していい？」

小田が返事しないうちに、さっさと向かいの席に座る。

「あの……」

「何だか最近、小田さんって変わったわね。って噂してるのよ、秘書の間でも」

「ああ！」

と、小田は思わず声を上げた。

「社長秘書の……」

「いやだ！　私のこと分からなかったの？」

「失礼。でも──めったに会わないし」

と、小田は言いわけして、

「ええと……お名前は？」

「もう！　がっかりだわ。そんなに私ってパッとしない？」

「そうじゃなくて……。社長秘書なんて、仕事でも関係ないし」

「いいわ。私、刈谷良子。――ちゃんと憶えてね」

「そうだった！　言われると思い出す」

と、小田は焦って汗を拭いた。

二人は一緒に食事をすることになった。

「――このワイン、すてきね」

と、刈谷良子は言った。

「分かる？」

「私、ワインの学校に通ってたの」

「そうか。――やっぱり楽しいね。二人で飲むと」

そんな小田を、別のテーブルで阿部桂子が心配そうに眺めていた……。

職務命令

「宝くじか」

と、フォン・クロロックは言った。

「私もずっと買っているが、当たったことがない」

「お父さんが？」

「吸血鬼の能力をもってしても、当たりくじの番号は分からんな」

「当たり前でしょ」

と、エリカは言った。

「でも、どう思う？」

「うむ……」

クロロックは、優雅なランチをとっている小田正吉を眺めていた。

当然、クロロックとエリカも同じランチを食べていたのだが……。

「平のサラリーマンがランチをとる所ではないな」

「そりゃ分かってるけど――」

「まあ待て。料理を出すのを少し待たせている。待ち合わせた相手がいるのだろう」

と、クロロックが言うと、レストランへ入ってきた女性――。

「あの人だわ」

と、エリカは言った。

「社長秘書の刈谷良子って人」

「――待たせてごめんなさい」

「いや、大して待ってないよ」

二人がランチを食べ始める。

「――香水だな」

と、クロロックが言った。

「香水？」

「今の女から香水の香りがした」

「うん、分かったわ。私にも」

「しかし、あの女が来る前から、同じ香水の香りがした。あの小田という男からな」

「というと……」

「そういう仲だ、ということだろう」

「そうか……可哀そうに、桂子(けいこ)さん」

と、エリカは言ったが、ランチはしっかり平らげていた……。

「社長が？」

と、ランチを食べる手を止めて、小田は言った。

「そう。今夜、大丈夫でしょ？」

と、刈谷良子は言った。

「ああ、もちろん……。でも、社長が僕に何の用だろう?」

「私にも分からないわ」

と、良子は首を振って、

「でも、私たちのこととは関係ないと思うわよ」

「そりゃあ、だって……。誰も知らないだろ、僕らのこと」

「たぶんね」

「たぶん?」

「この手のことには、女は敏感なのよ。ちょっとした目配せ一つでも、察してしまうわ」

「そんなものかね」

と、小田はふしぎそうに、

「しかし、いくら敏感でも、まさか君が僕と付き合ってるとは思わないだろ」

「あら、どうして?」

「だって……君はそんなに魅力的だし、僕はこんなにパッとしないし……」

良子はちょっとの間、真顔で小田を見つめていたが、

「――あなたは、そういうことを本気で言ってるのね」

と言った。

「だって事実だよ」

「あなたって、いい人だわ」

「え？」

「そんなにいい人じゃ、この世の中、生きていくのは大変よ」

「どうしたんだ？　怒ったのかい？」

「そうね……」

と良子は肩をすくめて、

「少し腹を立ててるのかも」

「でも――」

「いいの、もう。さ、デザートにしましょう！」

と、良子は明るく言った……。

「こちらでございます」

と、モデルみたいな長身のスラリとした美女に案内されて、小田はその個室へ入った。

「小田さんです」

と、刈谷良子が言った。

ソファにゆったりと座っているのは、社長の上原隆介である。まだ四十代半ば。

「君が小田君か」

「はあ」

「まあ座れ。——何か飲め。何でもいいぞ」

「は、しかし……。ではコーラを」

小田としては、社長の前で酔っ払いたくない。

上原のことはもちろん知っているが、直接話をするのは初めてだ。

「あの……社長。何か私にご用が……」

「うん。そう急ぐな」

上原はのんびりと言った。

ジムできたえた細身の体で、いわゆる「社長」というタイプではない。

「このところ、刈谷君と親しくしてるそうじゃないか」

「は……。いえ、あの……」

「隠すことないさ。大人同士だ。いい付き合いをするのは、仕事にもプラスだ」

「はあ」

ハンカチで汗を拭った。

コーラが来て、一気に半分ほど飲む。

「――ところで」

と、上原は言った。

「今、社内で大問題が起きている。知ってるか？」

「は……。いえ、全く存じません」

と、小田は面食らって、

「何ごとですか？」

「横領だ」

「それは……大変なことで」

「全くな。困ったもんだよ」

と、上原は顔をしかめて、

「まあ、社員といっても大勢いる。中にはそういう不届きな考えを起こす者もいるのさ」

「さようで」

「しかし、表沙汰になると、わが社のイメージに傷がつく。そこで、何とか穏便に済ませる方法はないかと考えた」

小田は、どうして上原がこんな話を聞かせるのか分からなかった。

「あの……横領した人間が誰なのか、分かっているのでしょうか」

と、小田は訊いた。

「ああ。――君だ」

上原の言葉に、小田は冗談かと笑いそうになったが……。

「社長――」

「横領金額、二億八千万円。心当たりがあるだろ?」

小田の顔から血の気がひいた。

「それはしかし……。あれは銀行が間違えて――」

「間違え？　しかし、君はその金を気前よく使ってるじゃないか」

「しかし……。申し訳ありません！　銀行のミスだから、と思い、少し使いましたが、でも大部分は残っています！」

「そうかな?」

上原は上着のポケットから取り出した紙を小田の方へ投げてよこした。――銀行口座の残高だ。

「今日現在、君の口座は0円だよ。二億以上の金が引き出されている」

「これは……」

「横領が発覚しそうになって、君は焦って現金を引き出した」

「とんでもない！　そんなこと――」

「しかし、現に金はもうない。君が持ち逃げしたとしか思えないだろ」

「持ち逃げ？」

「おい、刈谷君」

促されて、良子はバッグから封筒を取り出し、小田の前に置いた。

「中に、九州までの新幹線のチケットが入っている。もちろん片道だ。どこで降りても自由だ。そして現金十万円。差し当たり、泊まることはできるだろう」

「社長……」

「明日、君はクビになる。同時に、警察へ被害届を出す。指名手配になるだろうが、君は地味で目立たない。パッとしない男だからな。うまく逃げられるかもしれん」

「待ってください！　私は――自首します。もちろん、金を使ったことは悪かったと思いますが、全額持ち逃げしたなどと……」

「信じてくれるかな、警察が？」

と、上原は笑った。

「では……残りの金は？」

と言ってから、さすがに小田も分かった。

小田が横領したことにして、二億円以上を上原が――それとも上原と何人かの幹部が、使おうとしているのだ。

すべて罠だったのか。

冷汗が背中を伝い落ちた。

「新幹線は明日の朝一番にするんだね。少しでも遠くへ逃げられるように」

と、上原はニヤリと笑って、

「刈谷君、小田君を送っていきなさい」

「はい。――小田さん、行きましょう」

小田は促されて立ち上がったが、

「良子。君は――」

と言いかけて、小さく肯いた。

「そうか……。君も分かってたんだな」

「逃亡生活じゃ、なかなか女も抱けないだろう。良子と付き合って、君も楽しんだだろ？」

「社長……」

「良子は僕の女だよ。誰でも知ってる」

「そうですか」

小田は姿勢を正すと、

「社長。お世話になりました」

と、頭を下げた。

そして良子の方へ、

「一人で帰れる。大丈夫だ」

と言うと、個室から出ていった。

上原はちょっと面食らっていたが、

「——確かに少し変わった奴だな」

と笑った。

「さあ、どこかで飲み直すか」

「いえ……。すみません。風邪気味で頭痛がするんです」

「そうか。じゃ、今夜は我慢しとこう」

上原は伸びをして、

「明日、警察へ出す被害届を用意しといてくれ」

と言った。

「かしこまりました」

良子は一礼して、

「お先に失礼します」

と、個室から出ていった……。

後悔

外へ出ると、良子(よしこ)は左右を見回した。

小田(おだ)がまだ近くにいるかもしれない、と思ったのだ。

しかし、夜の道は車がスピードを上げて駆け抜けていくだけだった。

良子はちょっと肩を落とすと、歩きだした。

すると、背後から、

「今、黙っていたら、あんたの一生は闇だぞ」

という声がした。

「――誰?」

振り向いた良子は、映画で見る吸血鬼みたいなマントを身にまとった外国人を、呆気にとられて眺めた。

「私はフォン・クロロック。事情あって、あんたたちの話を聞いていた」

「え？　盗聴してたの？」

「いや、隣の個室でな。耳を澄ましておれば聞こえるものだ」

「でも――」

「小田という男のことを、好きなのだろう」

「え？」

「少なくとも、申し訳ないと思っている。確かに小田は愚かだったが、あの上原と
いう社長よりもよっぽど誠実だぞ」

「誠実？　――そんなもので食べていけやしないわ」

「それはどうかな。結局人は誠実な人間を信じるものだ」

「放っといて！　私はお金が好きなの」

「私だって好きだ。問題は金で何をするかではないかな？　上原は二億円で何をす
るつもりか知らんが、いずれ罪が発覚したとき、あんたは共犯になりたいのか」

「それは……」

良子は口ごもった。

と、ケータイの音がして、クロロックがポケットから取り出す。

吸血鬼がケータイで話してる？　良子は首をかしげた。

「——エリカか。小田はどうした？　——歩道橋から飛び下りた？」

良子は息をのんだ。

「この先だ」

良子は走りだした。

この先、百メートルほどの所に、自動車道路をまたぐ歩道橋がある。そこから飛び下りたら、まず車にひかれて死ぬだろう。

車が何台も停まって、人が騒いでいる。——小田さん！

必死で走った良子は、

「どいてください！　どいて！」

と、人をかき分けた。

道の真ん中に――小田が座っていた。

ポカンとして、周囲を見回している。

「小田さん！　生きてたの！」

良子は小田へ駆け寄ると、ワッと泣きだしてしまった。


「わけが分からないよ」

と、小田はまだ首をかしげるばかりで、

「ともかく、一生逃げ回るなんていやだし、自分の馬鹿さ加減にもいやけがさしたんだ。それで、死ぬしかない、と思って……」

小田は歩道橋を見上げて、

「真ん中から飛び下りれば、当然、車にはねられて死ぬだろうと思った。で、目をつぶって、エイ、ヤッて飛び下りたんだけど……。ストンって、誰かが下で受け止めてくれたみたいだった」

エリカが腕組みして苦笑している。

「大変だったんだから」

と、エリカは呟いた。

「目を開けたら、道路に座ってて、車は停まってた。——何が起こったのか、さっぱり分からない」

「でも、小田さん」

と、良子が言った。

「はっきりしてるのは、今、あなたが生きてるってことよ！　もう死のうなんて考えないで！」

「良子……」

「私、明日警察に行って、本当のことを話すわ」

「でも、それじゃ君——」

「クビにならなくても辞めるつもりよ。社長のことを愛してるわけじゃない。ただ、お金のある暮らしについていっただけ」

「僕は捕まるかもしれないよ」

「大丈夫よ。私がついてる。――使ってしまったお金は、二人で一緒に返していきましょう！」

「良子、それって……。君、僕と一緒になるつもりかい？」

「当たり前でしょ。私の方がプロポーズしてるのよ。断らないわよね？」

小田は笑って、

「まるで脅迫だな」

「私の言うこと聞いて！　分かった？」

「うん」

良子は小田にキスした。

「――何だ？」

エリカは渋い顔で、

「結局、桂子さんは失恋だわ」

「なに、恋はまたやってくる」

と、クロロックは言った。

「おまえも疲れたろう。何か食べるか」

「うん！　おごってね」

　と、エリカは言った。

「もちろんだ！」

　と、クロロックは胸を張って、

「ただし、一人千円以内だぞ」

「ケチ！　社長のくせに」

「うむ……。では千五百円にしよう」

　と、クロロックは言った。

ドラキュラ記念吸血鬼フェスティバル

鬼より怖い

噂には聞いていた。

しかし、噂は噂だ。きっと面白おかしく、大げさに誇張されて伝わってるんだよな。

生野昭夫(いくのあきお)はそう思っていた。

ただ、その日の夕方、突然招集をかけられた会議は、始まる前からどことなく雰囲気が違っていた。眠気と戦っていた生野にも、それぐらいのことは分かったのである。

「全員揃いました」

と、滝康男(たきやすお)がいつもの馬鹿ていねいな口調で言った。

そんなこと、言われなくたって分かってるよ。このプロジェクトチームは、全部で七人しかいないんだから。

「急に集まってもらったのは――」

と、口を開いたのは、このチームのチーフマネージャー、夏目順子(なつめじゅんこ)で、ザッと全員を見渡すと、

「来月、十一月二〇日に開かれる〈E社グループ記念イベント〉の件です」

ちょっと戸惑いの空気が会議室の中に広がった。なぜなら、そのイベントについては、ほとんど手配が終わっていたからだ。

前日、当日などは大変だろうが、スポンサーであるE社の希望で、今「一番ギャラが高い」と言われる歌手、グループを揃えた。集客に関しても全く問題ないはずだ。

夏目順子は無表情のまま、続けた。

「三十分前、クリフ山口(やまぐち)が麻薬所持の現行犯で逮捕されました」

――しばし、誰も口をきかなかった。

「本当ですか」

と、つい言ったのは一番若いメンバー、岡崎美音だった。

「こんなこと、冗談で言う？」

と、夏目順子が冷ややかに言う。

「そんな意味では……。すみません」

と、岡崎美音が目を伏せた。

「間もなくニュースが流れるでしょう。イベントをどうするか、意見を言って」

「チーフ、それは中止かどうかってことですか」

と、一人が訊く。

「E社も面子があるから、中止はしないでしょう。でも、クリフ山口が逮捕された
となると、他のメンバーも危ないし、他にも同じプロの人がいますからね」

と、夏目順子は言った。

「――大変ですね」

「大変なのは分かってるの。でも何とかしなきゃ。みんな、ここで考えて」

そう言われてもな……。

生野は眠かった。——生まれて半年のアキが、なかなか寝てくれなくて、ゆうべも寝不足だったのである。

そして、生野は大欠伸（おおあくび）をした。

次の瞬間——何かが飛んできて、おでこに当たった。

「いてっ！　誰だよ！」

と、生野はつい大声で言ったが……。

「私がクリップを投げたの」

と、夏目順子は言った。

「何か文句がある？」

生野は青ざめた。

「いえ……別に」

夏目順子の怖さは、こんな時でも、冷静そのものの表情をしていることだった。

「やる気のない人は、このチームにいなくて結構」

と、全員を見渡して、

「一時間後に、ここへ再集合。各自、プランをまとめて持ってきて」

と言うと、パッと立ち上がって出ていく。

そして——メンバーも、次々に出ていった。

「大丈夫、生野さん?」

残ったのは、生野と、岡崎美音だけだった。

「ああ……。僕はクビかな」

「ひどいわね、チーフも」

「いや……。ともかく、少し風に当たってくるよ」

生野は、少しよろけて立ち上がると、力なく会議室を出ていった……。

「大丈夫かしら……」

岡崎美音は、心配そうに呟いた。

「ああ、やれやれ……」

ビルの谷間の公園は、昼間でも日が当たらない。十一月に入っているので、風は冷たいが、今日は幸い穏やかだ。

生野はベンチに腰をおろした。

昼休みは、ＯＬでいっぱいになるこの公園だが、夕方となると、ほとんど人気（ひとけ）がない。

「本当に怖いや」

と、ため息とともに言った。

チーフの夏目順子は、半年前に外から入ってきた。今、生野の勤めている広告代理店は不況で経営が厳しく、外資の企業が参加している。

その外資系企業から送り込まれてきたのが夏目順子である。

まだ四十前。キリッとした美人だが、正に「仕事に生きている」という気配が伝わってくる。

たまたま会った同業の友人に彼女のことを話すと、

「あの人か！　怖いぜ。ボンヤリしてると、何か飛んでくるからな！」

と言われた。

大げさに言ってるんだろうと思ったが……。まさか自分がその最初の的になるとは。

「それにしても、うまく当てたもんだ」

と、生野は妙なことに感心していた。

結婚して二年。娘のアキが生まれて、幸せいっぱい——のはずだが、毎日帰宅は遅く、いつもアキの寝顔しか見られない。

時々夜泣きするようになって、疲れている妻、弥生の代わりに抱っこしているので、こうして眠気に捕まる、というわけだ。

「もともと、俺はこういう仕事に向いてないんだよな……」

と、足下に目をやって呟く。

一時間で、プランをまとめろ？　——冗談じゃない！

適当に考えたプランでごまかそうものなら、また夏目順子から何が飛んでくるか……。

といって、そんな独創的なプランなんて、すぐ思いつくわけが……。

ふと、誰かが目の前に立った気がして、生野は顔を上げた。

夏目順子はメガネをかけ、手もとのプランを一つずつ見ていった。

会議室の中は、咳払い一つ聞こえない。誰もが張りつめた緊張の中で、息をするのさえそっと気づかっていた。

やがて、夏目順子はメガネを外すと、

「この、〈ドラキュラ生誕五百年記念フェスティバル〉っていうプランを出したのは誰？」

と言った。

しばし沈黙があって……。

生野が恐る恐る手を上げた。

「ちゃんと口で言いなさい！」

「は……。生野です……」

と、蚊の鳴くような声を出す。

岡崎美音が、励ますような目で、生野を見ていた。

夏目順子はそのプランを手に取ると、

「これ、すばらしいじゃないの」

と言った。

「これで行きましょう。今からE社へ説明に行くわ。生野君、一緒に来て」

「は……」

生野はポカンとして、

「僕が……ですか」

「あなたの出したプランよ。あなたが説明して。他の全員も、この内容についてアイデアを出して。いいわね」

夏目順子は立ち上がると、足早に会議室を出ようとして、足を止め、

「何してるの！」

「はい！」

生野はあわてて立ち上がった。椅子が後ろに倒れる。

「いいわ、私が直しとく」

と、岡崎美音が立って駆け寄った。

「頼む！」

生野はあわてて夏目順子の後を追ったのだった……。

アイデア募集

「何だ、これは？」

と、フォン・クロロックが朝食の席で言った。

トーストとヨーグルトの朝食。——吸血鬼としては「珍しい」食事かもしれない。

「ああ、なんだかさっき来てたファックスよ」

と、妻の涼子(りょうこ)が言った。

「あなた宛てだったから」

「それはいいが……、何だ、この〈ドラキュラ生誕五百年記念フェスティバル〉というのは？」

「〈生誕五百年〉？」

一足先にトーストをパクついていた神代エリカが目を丸くして、

「本当に五百年なの？」

「知るか。別に知り合いではない」

「だって、創作された人物でしょ」

「モデルはいたにしてもな。——これはどこからだ？」

フォン・クロロックは「本物」の吸血族出身。エリカは、日本人女性との間に生まれた娘で、今女子大生である。

エリカの母は亡くなって、今の後妻、涼子はエリカより一つ若い。クロロックとの間には虎ノ介が生まれている。

「はい。アーンして」

と、虎ノ介に食べさせているのが、吸血鬼のクロロックなのだから、いささかイメージが……。

「面白いわね」

と、ファックスを覗き込んで、涼子が言った。

「でも、どうしてあなたの所に？」

「よく分からん」

「そのスタイルのせいでしょ」

と、エリカが言った。

クロロックは正に映画で見る「ドラキュラ」の格好をしている。ただ、黒いマントの裾は、何にでもかみつくくせのある虎ちゃんのせいで、大分傷(いた)んでいるが。

「この広告代理店に知り合いはおらんが、――おっと」

クロロックのケータイが鳴った。〈クロロック商会〉の雇われ社長として、ケータイは持たなければならない。

「〈親切と安心のクロロック商会〉のクロロックです」

父の言葉に、エリカは危うく椅子から転がり落ちるところだった……。

「――なるほど。それで分かりました。いや、今、ファックスを見ながら首をかしげとったところです」

と、クロロックはなんだか上機嫌で、

「喜んでお力になりましょう！」

涼子が眉をひそめて、

「また安請け合いして。大丈夫かしら。――エリカさん」

「なあに？」

「何か面倒な頼みだったら、あなたが代わりにやってね」

「ええ？」

エリカが呆気に取られていると、エリカのケータイにメールが来た。見ると、同じ大学の仲良し、大月千代子と橋口みどりの連名で、

〈大学に、変なフェスティバルのアルバイト募集が来てるけど、お宅のお父さん、何か関係あるの？　いい話だったら、雇って〉

――全く、もう！

「では失礼」

と、クロロックは通話を切って、

「謎が解けた。この〈フェスティバル〉のスポンサーがE社だったのだ」

「E社？」

「この前、わが社と共同プロジェクトを立ち上げた。そのとき、E社の専務がこのクロロックのことを憶えていたのだ」

「共同プロジェクトったって、E社は大企業じゃない。〈クロロック商会〉とは全然違うよ」

「それでも、『両社はあくまで対等です』と言ってた。あの専務、若いが、なかなかできる奴だ」

「それで、あの〈フェスティバル〉は何なの？」

クロロックは、予定していた歌手が麻薬で捕まって、急いで別のテーマを見つけなければならなかった事情を説明した。

「クリフ山口（やまぐち）の件ね。大騒ぎだったもんね」

「一緒に出演する予定のアーティストたちも、今呼び出されているそうだ」

「大変だね」

「それで、広告代理店〈K〉としては、絶対安全なバンドだけ残して、新しいテーマを探していた。それでこのプランだ」

「〈ドラキュラ生誕五百年〉？　当たるの、こんなの？」

「知らん。別にうちが金を出すわけではないからな」

「そういう問題？」

「ともかく、私に、何かいいアイデアがあれば出してほしいと言ってきた」

と、クロロックは嬉しそうに言ってから、

「――待てよ。アイデアが採用された場合、いくらくれるのか、聞かなかったぞ」

「ケチなこと言わないで」

「いや、ビジネス感覚は必要だ」

「ともかく、何か思いついてからにすれば？　訊(き)いといて、ろくなアイデアが出なかったら恥ずかしいでしょ」

「うむ……。おまえの言うことも一理ある」

クロロックは大真面目に肯(うなず)いた……。

「――じゃ、私、行くね」

と、エリカが立ち上がろうとすると、

「エリカ、どこへ行く？」

「どこって……。大学に決まってるじゃない」

「休め」

「休め？　どうして？」

「今日、午前十時から〈K社〉で、このフェスティバルについての会議がある。おまえ、私の代わりに出ろ」

「お父さんが出るんでしょ？」

「私は外せない仕事がある」

「仕事って……」

クロロックが答えずにいると、涼子が言った。

「今日は私が買い物に行くから、その間、虎ちゃんを見ててくれることになってるの」

「子守り？」

「父親として、何より大切な仕事よ。ね、あなた？」

「その通り。夫婦の平和は家庭の基本だ」

「あのね……」

　エリカは言いかけてやめた。

　クロロックには、涼子を怒らせるのが何より怖いのである。

「どこへ行きゃいいの？」

　半ばやけになって、エリカは言った。


「あなた。着いたわよ」

　と、車を停めて、弥生（やよい）が言った。

　生野昭夫（いくのあきお）は「ウーン」と唸（うな）っただけで、目を開けない。

「あなた。──起きて」

　弥生が手を伸ばして揺さぶると、生野はやっと目を開けて、

「まだ食い終わってないぞ！」

と叫んだ。

「あなた。――アキちゃんが起きるわ」

「ああ……。そうか」

生野は息をついて、

「どこだ、ここ？」

「会社の前よ」

「もう着いたのか？――ありがとう」

「気をつけてね」

「うん」

生野は後部座席のカゴの中でスヤスヤ眠っている我が子を見て、

「可愛いな、やっぱり」

と、ニッコリ笑った。

「少し早いけど……」

「いや、準備があるからな」

と、生野は言って、車を動かした。

「行ってらっしゃい、あなた」

弥生は、夫がビルへ入っていくまで見届けると、

「——大丈夫かしら」

と、弥生は呟いた。

E社の企画が突然変更になって、生野の立てたプランが採用されてから、生野は毎晩帰宅が午前二時、三時。それでも七時半には家を出なくてはならないので、連日寝不足で、いつ倒れるかという状態。

それで弥生が思いついたのが、「送り迎え作戦」(?)。

車で弥生が夫を会社に送り迎えする。片道一時間半くらいかかるので、その間、夫は車で眠り、合計三時間寝られることになる。

大変なのは、まだ生後半年のアキを一緒に乗せなくてはならないことだが、アキは車が好きなのか、たいていぐっすり眠ってくれる。

「何日かの辛抱だわ」

と、弥生は言って、カーブを曲がった。

その瞬間——目の前に巨大なトラックの後尾が迫っていた。

まさか、そんな所にトラックが停まっているとは思わなかった。ブレーキを力一杯踏んだが、間に合わなかった。

小型車はトラックにまともにぶつかった。

弥生は反射的に頭を下げた。

ショックとともに、ガラスの破片が降り注いだ。

「アキちゃん！」

振り向くと、カゴごと床へ落ちて、ワーッと激しく泣きだす。

人が寄ってきた。

「この子を助け出して！」

と、弥生は叫んだ。

「私はいいから、この子を！」

外の人がドアを開けようとしたが、車は半ば潰れていて、歪んでしまったドアは開かないのだ。

メリメリと音がした。車の天井が下がってくる。――トラックから落ちた何かが、小型車の屋根にのっているのだ。

車が潰れる！

弥生はなんとか後部座席へ這い込もうとしたが、すでに天井が下がってきて、隙間が失くなっていた。

「お願い！　誰かこの子を！」

必死で叫ぶと――。

後部座席のドアがバリバリと音をたててはぎ取られた。

顔を出したのは――なんと若い娘で、床に落ちて泣いていたアキを両手で抱き取ると、すぐ後ろの人へ渡した。

「お母さんも、私の手につかまって！」

と、手を差しのべる。

「でも、座席が――」

「早く！」

その娘の手をギュッと握りしめる。

と――何が起こったのか、弥生には分からなかった。

運転席の背がパッと燃え上がって、ガクンと倒れる。弥生の体は一気に引きずり出された。

車の外へ引っ張り出された次の瞬間、小型車は重い鉄材の下でメリメリと潰れていった。

「ガソリンに火が」

と、その娘が弥生を抱き起こすと、

「消防車も呼んでください！」

と叫んだ。

弥生は泣いているアキを、そばにいた男性の手から受け取ると、

「良かった！　アキちゃん！」

と、泣きながら抱きしめた。

車が燃え上がった。——あわてて離れると、

「本当にありがとうございました！」

と、命の恩人の娘の方へ言ったが——。

娘の姿はどこにも見えなくなっていた。

恩人

「ああ……。服がボロボロ」

と、エリカはこぼした。

「まだあんまり着てないんじゃないの、その服？」

と、涼子（りょうこ）が顔をしかめて、

「もったいない！　つぎ当てて着られない？」

「焼けこげてるんだよ！」

「そうね。――ちょっと無理かしら」

と、広げた服は、あちこち破れ、こげていた。

「もう、ケチなんだから」

と、ついエリカがグチると、

「私はね、この家の家計を任されてるの！」

と、涼子が言った。

「路頭に迷いたくないでしょ！」

「はいはい」

エリカは、引っかき傷を消毒して、

「まあ、でも——助かって良かった」

そこへクロロックが帰ってきた。

「お帰りなさい、あなた！」

と、涼子が駆け寄ってクロロックにキスする。

「おい、エリカ、ニュースでやっていたのはおまえだろう」

と、クロロックが言った。

「〈怪力の謎の少女、母子を救う！〉と騒いどったぞ」

「時間がなかったから、ごまかしようがなくて」

「まあいい。人助けはいいことだ」

「でも、〈フェスティバル〉の会合の方は出られなかったよ」

「仕方あるまい。――おい、誰か来たぞ」

玄関のチャイムが鳴って、涼子がインターホンに出ると、

「あなた。倉木(くらき)さんですって、E社の」

「わざわざ訪ねてきたのか。通してくれ」

エリカはあわてて自分の部屋へと逃げ込んだ。

「明日でも何か買いに行こうっと」

今日の事件で、服をだめにしてしまった。

「――エリカ、居間へ来い」

クロロックの声がして、エリカはクローゼットから服を出して着ると、部屋を出た。

そして居間へ入っていくと、

「あ……」

と、足を止める。

ソファに、あの母親が座っていて、エリカを見ると、

「まあ！　先ほどは本当にありがとうございました！」

と、立ち上がって深々と頭を下げる。

「いえ……。どうも」

「エリカ、E社の専務・倉木さんだ」

と、クロロックが言った。

ユラリと細身のスーツ姿の男性が立ち上がって、エリカと握手をすると、

「すばらしい働きだったね」

と言った。

垢抜けした雰囲気、端整な顔立ちはエリカの胸を少々ときめかせた。

「見てたんですか？」

「〈K〉に行く途中でね。君がすぐ姿を消してしまったので、この生野弥生(いくのやよい)さんから話を聞いた。――前にクロロックさんから君のことを聞いていたので、もしかし

たら、と思って、一緒にやってきたんだよ」

　と、倉木は言った。

「赤ちゃんは大丈夫ですか？」

　と、エリカは弥生に訊いた。

「はい、おかげさまで、けが一つしないで。今、主人が見ています」

「良かったですね」

「本当に……。エリカさんのおかげです」

　と、弥生が涙ぐんでいる。

「いや、このクロロックさんも、人間離れしたふしぎな力を持っておいでなんですよ」

　と、倉木は言った。

「必死になっただけです」

　と、エリカは言った。

「ともかく、助かったわけだ。——いや、あの〈フェスティバル〉で、この話をぜひ取り上げたいと思いましてね」

「それは妙ではないかな？」

　と、クロロックが首をかしげて、

「ドラキュラはあまり『人助け』をしとらんと思うがな」

「それはそうですがね。あの〈ドラキュラ生誕五百年〉ってのは、別に意味があるわけじゃなくて、人目をひくためのものだから」

　と、倉木は言って、弥生の方へ、

「あのプランを出したのが、ご主人なんでしょう？」

「はい、そのせいで忙しくて。それで私が車で送り迎えすることに」

「ご主人は、吸血鬼のことに元々関心がおありだったのかな？」

　と、クロロックが訊いた。

「いいえ、聞いたこともありません」

　と、弥生は首を振って、

「ですから、私も話を聞いたときはびっくりして。『どうしてそんなこと、思いついたの?』と訊いたんです。主人は『何となくだ』としか言いませんでした」

「ともかく、〈フェスティバル〉が迫っていましてね」

と、倉木が言った。

「出られない大物歌手の穴を何かで埋めなくちゃなりません。テーマにふさわしい会場作りを、大至急で進めています。加えて、ぜひお二人に出ていただきたい」

「出る、って……。何するんですか?」

と、エリカが目を丸くする。

「やはりクロロックさんのそのスタイルは、今度の〈フェスティバル〉にぴったりだ! 何なら、ステージで歌っていただいても」

「それはだめ!」

と、エリカはあわてて言った。のせられやすいクロロック、本気で「歌う」と言いだしかねない。

「今人気の少女たちのグループも出ます。そこへ混じっていただければ、雰囲気が大いに盛り上がるというもの」

倉木は、クロロックの好み、を知っているらしかった。

もちろんクロロックは乗り気になって、

「それはいい！　子供たちの中に一人、大人が入るとピシッとする」

少女だけど「子供」じゃないから問題なんだよね、とエリカは思った……。

影の囁き

「まだ残ってる……」

足を止めて、岡崎美音（おかざきみね）はビルを見上げた。

明かりの点（つ）いたフロアは、間違いなく、広告代理店〈K〉だった。

もちろん、今度の〈フェスティバル〉に向けて、みんな忙しいのは分かっている。

しかし、もう午前二時を過ぎていた。

明日も朝から仕事が山積（さんせき）だ。この時間まで残っているのは、生野（いくの）だろう。

美音は、生野に心ひかれている。いや、生野に妻も子もいることは分かっているから、本気で付き合いたいと思ってはいないが、それでも生野のことが、いつも気にかかっていた。

美音は、〈夜間通用口〉からビルの中へ入って、〈K〉のフロアへと向かった。

静かで、あまり人の気配はない。

生野さん一人かしら？

美音はオフィスの入り口のガラス扉から中を覗き込んだ。明かりは点いているが、静かだ。

「生野さん……」

席は空だった。しかし、パソコンが点けっ放しだし、机の上にも書類が広げてある。残ってはいるのだ。

美音は誰もいないオフィスを見回した。

美音自身は、この会社の近くにアパートを借りて住んでいる。二十四時間オープンのスーパーがあって、そこへ行こうと出てきたのである。

歩いているうち、このビルまで来てしまった。もちろん本当ならとっくに寝ている時間だ。

ここまで来たのだから、生野の顔を見ていこう、と思った。

奥さんと赤ちゃんが、あんな事故にあって、車で送り迎えしてもらうのはやめていた。そこはチーフの夏目順子も心配したのか、少し早く帰れるように仕事を調整していたのだが……。

バタン、とドアの閉まる音がした。

「——会議室かしら」

〈フェスティバル〉の内容についてのプランは、大がかりで、机の上に広げ切れず、しばしば会議室の大きい机を使っていることを思い出した。

今もきっと……。

会議室は三つ並んでいて、使っていないときはドアが開け放してある。今、一番奥のドアだけが閉まっていた……。

仕事の邪魔をしてはいけない、と、ドアをノックしようとしたが……。

話し声がした。女性だ。

こんな時間に？　誰だろう？

美音はそっとドアを細く開けた。

「今度のフェスティバルは、記念すべきものになるわ」

チーフ？　夏目順子の声だ。

「お役に立てるのなら……」

と、生野が言った。

「ええ、役に立つわ。私たちが、お迎えする準備をしてさし上げれば、やってきてくださるのよ」

いつもの夏目順子と違う口調だ。

「ありがたいことです」

「私、あなたのことを、一目見たときから気に入っていたの。あなたこそ、あの方のしもべにふさわしい、と思ったのよ」

何の話をしてるんだろう？

「僕を受け入れてくださるでしょうか……」

「ええ、きっと大丈夫。私が強く推薦してあげるわ」

「ありがとうございます……」

何だか変だ、生野さん。

「――生野君」

「はい……」

「首をこちらに」

「はい」

――静かになった。美音はじっと耳を澄ました。

何をしてるんだろう？

少しドアを開ける。

何か、ピチャピチャと、水をなめているような音がする。

え？　――まさか！

美音はポッと赤くなった。

生野さんとチーフが――キスしてる？

そんなことって……。

ドアをもう少し開けて覗くと……。

座っている生野の方へ、身をかがめて、順子が首筋に唇をつけている。

やっぱり！

でも、こんなことって……。

息を呑んで見ていると――ドアがわずかにきしんで音をたてた。

順子がハッと顔を上げて、美音を見た。

一瞬、身が凍った。

順子の口もとから、真っ赤な血が溢れていた。

美音は愕然として、フラフラと歩きだしていた。

「誰か……。誰か来て……」

叫んでいるつもりだったが、かぼそい声しか出なかった。

走ろうとしても、膝が震えて走れない。

そして――いつの間にか、目の前に、順子が立っていた。

「チーフ……」

「覗き見は良くないわね」

と言って、口を手の甲で拭う。血が広がって、凄まじい顔になった。

「チーフ……」

「帰すわけにいかないのよ」

順子の手が、美音の首を捉えた。

息ができなくなって、美音は喘いだ。

順子が片手で美音の体を持ち上げた。

手足をバタつかせても、どうにもならなかった。――順子は、そのまま美音を運んでいった。

非常階段へ出ると、順子はフフ、と笑って、

「血をもらわずに殺すのは、もったいないけど、仕方ないわね」

と言った。

美音の体は、階段の手すりを越えて、階段の軸にあたる部分の空間へと持ち出されていた。真っ直ぐ下は、何十階分の空間だ。

「それじゃ、さようなら」

順子がていねいな口調で言うと、美音の首をつかむ手を離した。

美音は声もなく、細い空間を真っ直ぐに落ちていった……。


「助けて！」

美音は叫んで――パッと起き上がった。

え？　――え？

「ああ……」

夢だったのか！　美音は何度も大きく息をして、首をさすった。

凄い汗をかいている。

「ああ……。怖かった！」

美音が、少し落ちついてベッドから出るのには、十五分もかかった。

パジャマが汗でべっとりと肌に貼りついている。

どうして、あんな夢……。

フラフラと台所に行って、水をガブ飲みした。

吸血鬼。——そうか。

〈フェスティバル〉のせいだ。〈ドラキュラ〉なんて名前をつけるから……。

「でも……」

あのチーフが吸血鬼なんて、正夢みたいだったわ!

美音は、やっと笑うだけの余裕ができたのだった……。

フェスティバル

「ちょっと、これ……」

と、大月千代子（おおつきちよこ）が足を止めて、

「遊園地のお城みたいじゃない？」

「そう言わないで」

と、エリカは苦笑して、

「何しろ、時間とお金に限りがある中で、必死で作ってたんだから！」

会場入り口には、中世ヨーロッパ風の門構えができていた。そして大々的に、

〈ドラキュラ生誕五百年記念フェスティバル！〉

のディスプレイ。

傍に、〈特別ゲスト・トランシルヴァニア出身、フォン・クロロック氏〉とあった。

「誰も知らないと思うけどね……」

と、エリカは言った。

「で、歌手は？」

と、橋口みどりが訊く。

「うん、やっぱり主だったところがみんな抜けちゃって。代わりに何人か集めたけど、知名度は今一つ」

——それでも、コンサート会場の手前の展示場には、結構な人が入っていた。

当然、E社のPRだが、その間にうまく吸血鬼がらみの物が出品されていた。

「あのマント……。古そうね」

と、数人の女の子たちが、展示された黒いマントに見入っている。

古そうに見えるのは、虎ちゃんがかじったり、食べるものをこぼして、しみになっているせいだとは、エリカも言えなかった……。

「やあ、エリカ君」

倉木（くらき）が三つ揃いのパリッとしたスーツ姿でやってきた。

「あ、どうも。——大学の友人です」

と、エリカが二人を紹介する。

「よく来てくれたね。コンサートの席はある？　——じゃ、ゆっくりしていってくれ」

倉木が行ってしまうと、

「エリカ！　すてきじゃない、あの人！」

と、みどりがエリカの肩を叩いて、

「一人占めしようなんて、ずるい！」

「痛いなあ！　——あ、お父さん」

クロロックが、いつものマント姿でやってきた。

「おお、揃っとるな、三人娘」

「コンサートで踊ったりしないでよ。ただステージに立ってればいいんだからね」

「分かっとる。どうせ客は女の子たち目当てだ」

今、人気の十四、五歳の少女たち八人のグループが、クロロックと「共演」する。

「クロロックさん」

と、小走りにやってきたのは、生野弥生だった。

「まあ、エリカさんも。——今、主人にお礼を言わせますから。ちょっと待って……」

「お忙しいのに、いいんですよ」

「そんなわけには……。あ、いたいた！　あなた！」

弥生が手を振ると、人の間を分けて、生野とスーツ姿の女性がやってきた。

生野はエリカたちに改めて礼を言った。

「今は仕事も落ちつきました」

生野は、岡崎美音を紹介した。

「本日はありがとうございます」

と、美音は頭を下げた。

そして顔を上げると――。

「あ、危ない」

と言った。

振り向くと、人の間をかき分けて、段ボールをのせた台車がやってきたが、それがバランスを崩したのだ。

「おっと」

クロロックが崩れそうな段ボールを押さえてやった。

「こりゃどうも……」

「用心してな」

と、クロロックは言って、

「岡崎美音さんといったかな？」

「はい」

「あんたは今、あの荷が崩れる前に、『危ない』と言ったな」

「え？　――そうでしたか？」

と、美音は当惑して、

「何となく危ない気がして……」

「手を」

「え？」

「手を取らせてくれるかな」

「はあ……」

クロロックは、美音の手を取ると、顔のそばへ持っていった。

「――最近、けがをしたかね」

「私ですか？　いいえ」

そのとき、間もなくコンサートが始まるというアナウンスがあって、客が一斉に奥のコンサート会場へ動き出した。

「エリカ」

と、クロロックはエリカに何か耳打ちした。

「あ、あの子たちだ！」

と、みどりが声を上げた。

八人の少女たちが、明るいドレスでやってきた。

「これはご苦労さん」

と、クロロックは少女たちと一緒にその場を離れた。

「美音さん」

と、エリカが言った。

「ちょっとお話が」


若さが弾けるようだった。

十代の少女たちが踊りながら歌うと、客席はワーッと熱狂した。

エリカは客席にはいなかった。

舞台裏の狭い道を抜けていく。

「──この曲が終わったらね」

と言っているのは、エリカも紹介された、夏目順子だった。

「しっかりやってよ」

「はい」

生野が肯いている。

だが——なんとなく生野の様子がおかしい。

「もう少しだわ」

と、順子が言って、

「ステージの袖に行ってるわ。頼むわね」

「はい……」

順子が姿を消した。

少女たちの三曲目の歌が終わる。

ワーッという声と拍手。

「今回のゲスト、フォン・クロロックさんです！」

という声がした。

そのとき――生野が電源スイッチを切った。

一瞬、真っ暗になって、客席がざわついた。

「――明かり、消えちゃいましたね」

「心配いらん。すぐ点く」

と、クロロックが言っている。

エリカは、生野を押しのけて、スイッチを入れた。明かりが点く。

「良かった！　点いた」

「あれ、おばさん、誰？」

エリカは袖から覗いた。

夏目順子が、ステージにいた。クロロックが彼女の腕をしっかりつかんで、

「この人は、今回のプランを立てた人だ」

と、クロロックが言うと拍手が起こった。

「じゃ、次の歌！」

音楽が鳴って、歌が始まる。

ライトがめまぐるしく踊って、ステージはスモークもたかれた。

エリカは見ていた。――クロロックが、ステージの上、踊る少女たちの背後で、夏目順子の首に手をかけた。

順子の叫び声は、音楽にかき消され、スモークの中、順子の体が一瞬に炎に包まれ、灰になっていた。

誰も気づかない出来事だった……。

「じゃ、私の夢が……」

と、美音が言った。

「君には予知能力があるのだ」

と、クロロックが言った。

「君の夢を聞いておいて良かった」

「あのチーフが……吸血鬼」

「生野にこのプランを出させたのも、彼女だ。――イベントの中で、大事故が起こるはずだった」

「あの女の子たちを狙ってたの？」

「明かりを消して、襲うつもりだったのだ。誰も知らんうちに終わって良かった」

「恐ろしい……」

と、生野は首をさすって、

「血を吸われてないでしょうか」

「まあ大丈夫だろう」

クロロックは肯いて、

「一度や二度なら死にはせん」

「はあ……」

少女たちがドッとステージから下がってくると、

「おじさん！　一緒に出て！」

と、クロロックを引っ張って、ステージへと出ていった。

「——一緒に踊ろう！」

と、声がした。

エリカには、とてもステージを覗く勇気がなかった……。

吸血鬼の迷路旅行

山中の道

「皆様、大変遅れてしまいまして、申し訳ありません」

と、マイクを手にして、大河明美(おおかわあけみ)は言った。

「予定時間よりは遅れますが、できるだけ急いでおりますので、ご了承ください」

バスはガタゴト揺れて、慣れているはずのバスガイド、大河明美もしっかり柱につかまっていないと立っていられなかった。

「もう真っ暗だな」

と、ハンドルを握る草野(くさの)が言った。

「仕方ないわ。山の中ですもの」

明美はバスの前方へ目をやった。

「大丈夫か、お客は？」

「ええ。——今の話も、聞いてる方はいないわ。みんな眠ってる」

「そうか。無理もないな」

明美は腕時計を見て、

「あと、どれくらいかしら」

「さあ……。初めての道だ。見当もつかないな」

——〈Ｓバス観光〉のバスツアー。

低料金だが、ていねいなサービスをうたって、なかなか人気がある。

しかし、東京を出て数時間のバス旅行。予想もしないことに出くわすことも、まれにある。

ドライバーの草野、バスガイドの大河明美という二人は、〈Ｓバス観光〉ではベテランだった。

今日のコースも、初めてではない。通常なら、午前九時に出発、夕方五時には都内で解散というスケジュールで充分余裕があるはずだった。

ところが、今日に限って、見学先のお寺や神社で、修学旅行の大きなグループと次々にかち合ってしまい、いつもの倍近くもかかった。昼食時間を切り詰めたり、トイレ休憩を減らしたりして、三十分遅れで帰路についたのだが……。

帰りの高速が事故で閉鎖。仕方なく国道へ回ると工事で大渋滞。

このままでは何時間かかるか分からない。

ドライバーの判断で、脇道へ入り、山越えをして帰ろうとしているのである。

山中の道は、空いてはいるが、照明もなく闇の中。スピードが出せないので、時間がかかっていた。

バスの二十五人の乗客は、みんなくたびれて眠ってしまっている。その点は明美としてはありがたかった。

「──妙だ」

と、草野が言った。

「どうしたの?」

「標識がない」

「え？」

「さっきからずっと道路に標識がないんだ。どこまで何キロってことも、制限速度も、こんなこと、あり得ないよ」

「でも……。暗くて見えなかったんじゃ？」

と言いながら、草野ほどのベテランドライバーが、見落とすわけがないということも分かっていた。

「どういうこと？」

「分からん。——しかし、ちゃんとした道路だしな。いずれどこかへ出ることは間違いないが……」

「カーナビは？」

草野は首を振って、

「この前のが故障して、買ってくれと頼んであるが、『予算がない』と言われて」

「ケータイで連絡してみるわ」

明美は自分のケータイをバッグから取り出して電源を入れたが、

「だめだ。電波が入らない」

「今さらジタバタしても始まらないよ。ともかく、この道をずっと行くしかない」

「そうね……。お客さん、みんな眠っててくれるといいけど」

と、明美は呟いた。

そしてバスは山の中を走り続けた。

しかし、一時間、二時間と走っても、一向に町の明かりも見えない。

「ちくしょう！　どうなってるんだ！」

と、草野もさすがに焦りを隠せなかった。

「――草野さん」

と、通路を奥まで行って戻ってきた明美が言った。

「どうした？　お客さん、目を覚ましたか」

「いえ、みんなぐっすり」

「そいつは助かるじゃないか」

「でも――」

「何だ？」

「あまりにぐっすり眠り過ぎてるの。一人や二人は眠りの浅い方がいても当然でしょ。でも、みんなバスがいくら揺れても起きる気配がない。——妙だわ」

「そうだな……。もう何時間もトイレにも寄ってない。こんな山の中じゃ、どこにもないだろうけど」

「ねえ。何だか変よ、この道」

明美は、そのとき、バスが右左へ蛇行したので、あわてて柱につかまった。

「どうしたの？」

「うん？　——どうかしたか？」

「今、ハンドル切った？」

「いや、俺は何も……」

と言いつつ、草野の瞼が閉じるのを見て、

「危ない！」

と、明美はハンドルをつかんだ。

草野がハンドルから手を離し、ぐったりと座席にもたれた。――眠っちゃった！

明美はハンドブレーキを引いた。

バスはスリップして、後ろが大きく振られた。明美は引っくり返りそうになって、運転席の背にしがみついた。

「ああ……」

草野は運転席から転がり落ちた。しかし――ともかく、バスは停まった！

明美は膝が震えて、立っているのもやっとだった。床に倒れているドライバーへ、

「草野さん！」

と呼びかける。

「起きてよ！　草野さん！」

これは普通ではない。草野が居眠り運転をすることなど、まず考えられないし、床に転がり落ちても目を覚まさないとは……。

客の何人かも床に倒れていたが、一人も目覚めていない。明美はかがみ込んで、

「草野さん！」

と、揺り起こそうとした。

そのとき、めまいが明美を襲った。──どうしたの？　私、いったい──。

考えている間もなかった。数秒のうちに、明美は草野におおいかぶさるようにして、眠ってしまったのである。

朝もやの中で

「早起きは三ユーロの得だ」

と、フォン・クロロックは言った。

「何、それ?」

娘の神代(かみしろ)エリカが苦笑する。

「『三文』では今の若い者には分からんだろう」

「お父さんだって、『三文』なんて見たこともないでしょ」

「しかし、やはりヨーロッパの出身だからな」

――フォン・クロロックとしては、もう一つ妙なのは「早起き」を楽しんでいることだった。本来、本物の吸血鬼としては「夜型」であるはずなのだが。

「朝風呂へ入ったぞ。なかなかいい」

クロロックは、この山中の温泉が気に入っているようだった。

「朝食まで、まだ三十分くらいあるね」

と、エリカは言った。

「私も温泉にザッと入ってこようかしら」

この旅館の主人は、クロロックが社長をつとめる〈クロロック商会〉と取引があって、

「ぜひ一度、ご家族で」

と、招待してくれたのだ。

招待、というからにはタダだが、着いてから、

「部屋代はタダですが、お食事代はちょうだいします」

と言われ、しかも宿泊費の八割方は食事代と知って、

「騙(だま)された！」

と、文句を言っていたクロロックだが、一応社長としてのプライドもあり、また

最愛の妻、涼子と一人息子の虎ノ介が、ここの温泉を気に入っていたので、機嫌を直した。

「だいたいタダで泊まろうっていうのが図々しい」

と、エリカは言っていた……。

早朝、まだ朝もやの広がる道を父と娘はぶらぶらと歩いていき、

「――ほう谷川だ」

と、クロロックが足を止める。

水の音が聞こえてくる。――エリカは、道から少しそれて、崖の下を覗き込んだ。

「かなり深い谷だね。三十メートルくらいある」

今、谷には白い朝もやがゆっくりと流れていた。谷の向こう側はもやではっきり見えない。

「いかにも山の中という感じだな」

と、クロロックは深呼吸して、

「カルパチアも、朝はこんなふうだった」

遠いヨーロッパの故郷に思いをはせているのだった……。

「──お父さん」

「何だ？」

「あれ、何だと思う？」

エリカは谷の向こう側を指さした。

谷川を挟んで、幅は三十メートル以上あるだろう。白いもやが風に流されて、やっと向こう側が見えるようになったのだが……。

「うむ……」

クロロックは腕組みして、

「どうも私の目にはバス、バスのように見えるが」

「どう見たってバスだよ」

「うん。──こっちは温泉で風呂場のバスだ」

「駄洒落言ってる場合じゃないでしょ！」

確かに、観光バスらしい大型のバスが、谷の向こう側にいた。それだけなら別にどうということはないのだが……。

「あのバス――落っこちそう」

と、エリカは言った。

「そうだな」

「誰か乗ってるのかしら？　――おーい！」

エリカは大声で呼んだ。

そのバスは、崖から前輪は二つとも完全に飛び出しており、今にも谷底へ向かって頭から墜落しそうだったのである。

すると――フロントガラス越しに人影が動くのが見えて、前方の扉がシュッと開いた……。

「危ない！　出ちゃだめ！」

と、エリカは精一杯叫んだ。

前方の乗降口は、完全に空中に突き出ている。降りればそのまま谷底である。

片足を踏み出そうとしたバスガイドが、

「キャーッ！」

と、悲鳴を上げて、手すりにしがみついた。

「動くと危ないわ！　バスが落ちる！」

と、エリカは叫んだ。

「助けてください！」

「他に乗っている人は？」

「お客様が二十五人！　私とドライバーです！」

「前の方へ来たら落ちるわ！　バスの奥の方に！　そっと動いて！」

「はい！　草野さん！　起きた？」

バスの中が大騒ぎになっている。車体の真ん中辺りが崖の端に乗っかって、フラフラ揺れながらバランスを取っているから、少しの動きでも危ない。

「奥の方へ行ってください！　奥へ！」

と、バスガイドが叫んでいる。

「バスの後方に非常口があるはずだ」

と、クロロックが言った。

「そうだね。――ガイドさん！」

バスガイドが顔を出した。

「全員後ろの方へ行きました！」

「非常口があるでしょ？　そこから降りて！」

「はい！　そうだわ！　――草野さん！　非常口を開けて、お客様を」

ドライバーが非常口を開けると、乗客が我先に降りてくる。

「――いかん」

と、クロロックが言った。

「え？　何がいけないの？」

「バスの後方がどんどん軽くなる。バスが谷へ落ちるぞ」

「そうか、お客の重みでバランスが取れてたんだね」

バスの鼻先がぐっと下がった。叫び声が上がる。

「早くお客様を！」

と、バスガイドが叫んだ。

「あなたも奥へ！」

と、エリカが叫んだが、聞こえなかっただろう。

ドドッと乗客が非常口から飛び下りた。ドライバーが身をのり出したが、バスガイドは運転席の辺りにいた。

「草野さん！　降りて！」

と、バスガイドが叫ぶ。

ドライバーが飛び下りる。——そのわずかなバランスの変化のせいか、バスはゆっくりと谷底の方へと傾き、バスガイドは転落しそうになって、乗降口の棒につかまった。

しかし、バスは止まらなかった。谷底へとついに落ちていく。同時に、バスガイドは手を離して、バスの外側で落ちていった。

「ああ——」

と、エリカは息を吞んだ。

クロロックは、両手にそれぞれのマントの端をつかむと、崖からダイビングした。マントがパラシュートのように空気をはらんで、細かくはためく。

「お父さん！」

と、エリカは叫んだ。


「どこ行っちゃったのかしら、あの人」

と、涼子はブツブツ言っていた。

「マンマ、マンマ」

と、虎ノ介が元気よく言った。

「はい、朝ご飯ね。お風呂を出たら食べましょうね」

涼子と虎ノ介は、〈家族風呂〉に入っていた。温泉で、本当ならクロロックと一緒に入るつもりだったのだが……。

「あの人、きっとエリカさんとお散歩ね。後妻は結局冷たくされるんだわ。ねぇ、虎ちゃん」

虎ノ介にグチを言っても仕方ないのだが、涼子としては「妻」の立場を守らなくては、と思っているのである。

「でも、朝風呂はいいわね。さっぱりするし、目も覚めるわ」

虎ちゃんを抱いて、もう一度湯船に入っていると、ガラッと戸が開いて、

「あなた！　何よ、今ごろ」

クロロックは真っ青になって震えている。

「ちょっと——体が冷えてな」

と言って、湯船へザブンと飛び込む。

「ちょっと、あなた！　虎ちゃんの顔にかかるでしょ！」

と、涼子は文句を言って、

「どうしたの、冷えたなんて」

「ちょっと谷川でひと泳ぎしてきた」

「谷川で？」

涼子は呆れて、

「どうして、そんなことしたの？　──分かったわ。エリカさんにそそのかされたのね？　『私たちは吸血族なんだから、何だってできるのよ。あの涼子さんみたいな、下らない人間とは違うのよ』って。あんまりだわ！　いくら私が普通の人間だからって──」

と、勝手にシクシク泣きだす。

「おい、待て。エリカはそんなことなど言っとらん」

「あなた、エリカさんをかばうのね！　やっぱり私よりエリカさんの方が大事なんだわ」

「何も言っとらんだろう。ちょっとバスが崖から落ちたので、バスガイドの娘を助けただけだ」

「バスが落ちた？」

「ああ、真っ逆さまにザブンとな」

「あなた。──私がそんな話に騙されると思ってるの？」

「いや、これは本当のことで──」

「分かってるわ！　私を馬鹿だと思ってるのよ。エリカさんと二人で、私のことを笑ってるんだわ！」

こうなると手がつけられないので、クロロックは仕方なく虎ちゃんの相手をしていた。

そのうち、涼子は、

「お腹が空いたわ！」

と、思いつき、

「私を飢え死にさせるつもりね！」

ここに至って、クロロックも妻の不機嫌の原因が「空腹」のせいだと分かって、急いで風呂を上がった。

——部屋へ戻ると、朝食の膳が待っていた。

涼子はアッという間に朝食を平らげてしまうと、

「下のカフェに行きましょ」

「どうした？」

「朝はやっぱりパンケーキを食べないと」

クロロックとエリカは唖然としているばかりだった……。

幻の道

涼子に付き合って、エリカたちも、ホテルのロビーにあるラウンジに入った。

たっぷりシロップとバターを塗ったパンケーキを、涼子が平らげている間、エリカは虎ちゃんの相手をしていたが——。

「お父さん、ニュース」

と、エリカがクロロックに言った。

ロビーの大型ＴＶで、あのバスの転落事故をやっていて、急流の中、車体が底を見せて沈んでいるのを映し出していた。

「まあ、怖いわね」

と、涼子は平然と言った。

「一人の犠牲者も出なかったのは奇跡としか言えません」

と、TVのリポーターが言っている。

「あの……」

と、中年の男性がジャンパー姿で立っていた。

「何か？」

「私は……あの事故のバスを運転していた、草野（くさの）という者です」

「ああ、ドライバーさん」

と、エリカは肯（うなず）いて、

「良かったですね、お客さんも無事で」

「いや、本当に……。あの明美（あけみ）ちゃんを助けてくださってありがとうございました！」

「ガイドさんのことかね。下流の岩の上で意識を失っているところが発見されたそうだが」

「いえ、私は見ていました。あなたがマントを広げて谷川へ飛び下りるのを。――

あれは人間業ではありませんよ」

「それはあんたの錯覚だろう」

「いいえ、私はしっかりこの目で——」

と言いかけて、

「しかし、このことは決して口外しません。明美ちゃんの命の恩人にご迷惑をかけるようなことはしたくありませんから」

「ありがとう。あの子はどうだね？」

「はい。この近くの病院で手当てを受けて、意識も戻りました」

「それは良かった」

「それで——ぜひ、あなた様にお礼を申し上げたいと。よろしかったら、見舞ってやってもらえませんか」

クロロックはためらっていたが、お腹いっぱいになって、すっかり機嫌の治った涼子、

「あなた、行ってらっしゃいよ。虎ちゃんのことは私がみてるわ」

と、別人のよう……。

「お連れしたよ」

ベッドのそばで草野が声をかけると、左手首に包帯を巻いた明美はゆっくりと目を開けた。

「草野さん……」

「君の命の恩人だ」

草野が脇へどいて、クロロックが進み出ると、

「ああ……。憶えています！　そのマント。意識が薄れていきましたけど、誰かが私をかかえ上げてくださって……」

と、明美は微笑んで、

「ありがとうございました！」

「いやいや」

クロロックも、ついニヤニヤしている。

「私もあんたに訊きたいと思っとった。どうしてあんなことになったのかをな」

と、クロロックは言った。

「さっぱり分かりません」

と、草野が首を振って、

「私が道を間違えたのかと思ったのですが」

明美が、事情を説明して、

「あの急な眠気も、妙でした。草野さんまで」

「眠くなったことも記憶しとらんよ」

「お客様たちも、一人残らず眠ってしまわれて。あんなことは、まずありません」

「なるほどな」

クロロックは肯いて、

「すると、あんたがブレーキを引かなかったら、バスは谷底へ落ちていたのだな」

「そう……ですね。たぶん。今考えてもゾッとします」

「あのバスを救ったのは、あんただ」

「え？」

「あんたには少し外国の血が入っていないかね？」

「はぁ……。祖父が確か東ヨーロッパの人だと聞いたことがあります。会ったことはないですけど」

「やはりな」

「お父さん、まさか――」

「いや、我々とは違うだろう。しかし、それに近い、普通の人間にない能力を持っておると思う」

「私が、ですか？」

「あんたが最後まで眠気に負けなかったのもその抵抗力のせいだ。でなければ、このドライバーさん同様、早々と眠ってしまって、バスを止めることもできなかったろう」

「そんなことが……」

と、明美は唖然としている。

「それに、いかに私でも、あのタイミングで谷川へ落ちるあんたに追いつくことはできなかった。あんた自身が、落ちる自分に無意識にブレーキをかけていたから、間に合ったのだ」

「うん、そう思えた」

と、エリカも肯いた。

すると、廊下が少し騒がしくなり、病室のドアを開けて、背広姿の男がやってきた。

「あ、社長！」

と、草野があわてて一礼する。

六十歳くらいか、小太りで禿げ上がった、「社長」という一般的イメージ。

「誰だ、こいつらは？」

と、クロロックをうさんくさげに眺めた。

「少々見舞いに寄っただけです」

と、クロロックは穏やかに言った。

「おい、つまらんことを話すなよ」

と、社長は草野と明美に言った。

「バスの乗客から訴えられでもしたら大変だからな」

「それより、まずは一人の犠牲も出なかったことを喜ぶべきでは？」

と、クロロックが言うと、社長はジロリとにらんで、

「大きなお世話だ。こっちはバス一台、谷へ落ちて大損害だぞ。おまえらに責任は取ってもらう」

と言い捨てると、

「二人ともクビだ。入院費も出さんから、そのつもりでいろ」

「社長――」

と、草野が言いかけるのも無視して、さっさと出ていく。

「――何という名前かね、あの分からず屋は？」

と、クロロックが訊いた。

「加納大悟（かのうだいご）といいます」

と、明美はため息をついて、

「困ったわ……。クビになったら、妹たちの面倒をみられない……」

「俺は仕方ないが、明美ちゃんは何とか仕事を続けさせてもらえるんじゃないか。まあ、社長も今は不機嫌なのさ」

「あんたも辞めることはない」

と、クロロックが草野の肩を叩いて、

「自分の責任でもないことで、すぐ謝るのは間違いだ」

「ですが、バスをあんな道に——」

「そこを確かめたい。同じ道を案内してくれんか」

また病室のドアが開くと、

「お姉ちゃん、ここ？」

と、十七、八の少女が顔を出した。

「朋子(ともこ)！　来てくれたの」

「うん、病院、訊いたらすぐ分かった」

その少女は白い杖で床を叩きながら入ってきた。

「けが、どうなの？」

「大丈夫って言ったでしょ。手首の骨に少しひびが入っただけよ」

「ニュースじゃ、どうして助かったのか、ふしぎだって言ってるよ」

と、明美のベッドのそばまで来たが、ふと足を止めると、クロロックの方へ顔を向けて、

「あなたはどなた？」

「朋子。――私の命を助けてくださった、フォン・クロロックさんよ。妹の朋子です」

「そうですか！　ありがとうございました」

と、朋子が笑顔になる。

「目がご不自由かな」

「はい。でも、生まれつきなので、不便はしません」

「明美ちゃんのところは、この妹さんと病気のお母さんと三人でしてね」

と、草野が言った。

「明美ちゃんが稼がないと大変なんです」

「私も働いてるわ」

と、朋子が言った。

「もちろんよ。朋子はよくやってくれてる」

と、明美は息をついて、

「生きてて良かったわ、本当に！」

姉妹がしっかり手を取り合うのを見ていたクロロックは、

「草野さん。あんたがバスで辿った道を、もう一度走ってもらえんかな」

と言った……。


「おかしいな……」

と、草野は車を停めて、

「こっちへ行けば、ちゃんとした道へ出るはずですが」

レンタカーの後ろの席で、クロロックとエリカは外の林を眺めていた。

「この道じゃなかったんですか？」

「あんなに山の中を走って、どこへも出なかったんです。どこか他の道へ入ったとしか……」

「でも、どこにも分かれ道はなかったですね」

「そうなんです。——さっぱり分からん」

それを聞いて、クロロックは、

「では、一旦山の登り口に戻ろう」

と言った。

「分かりました」

草野が車をUターンさせると、近づいてくる人影があった。

「何か用かね」

山の中には似つかわしくない、スーツにネクタイのビジネスマン風の男である。

「——あんたは？」

と、クロロックが窓から顔を出して訊くと、

「私はこの山の調査に来てるんです」

と、その男は言った。

「ほう。何の調査かね？」

「あんたの知ったことじゃない。――もしかして〈M不動産〉の奴か？」

「私は〈クロロック商会〉の社長だ」

「聞いたことないな。ともかく勝手に立ち入らないでくれ」

「ここは公道だ。それに、この山の谷でバスが転落したのは知っとるだろう」

「それは山のずっと向こう側だ。私は知らん」

と、男は首を振って、

「ともかく、早く行ってくれ」

と促した。

「邪魔したな」

クロロックはにこやかに言った。

車が山のふもとへ向かうと、

「――えりのバッジは見たことがあるぞ。うちの近所の〈K地所〉の社員だ」

「不動産屋？」

「かなり大手だ。――この山で何かしようと企んどるな」

「でも――何を？」

「それが分かれば苦労はない」

「しかし、どういうことなんでしょう？」

と、草野がため息をついて、

「どこでいったい道を間違えたのか……」

「いや、もしかして、そんな道はなかったのかもしれんぞ」

クロロックの言葉に、草野はただ呆気に取られているばかりだった……。

企み

昼食を食べ忘れていた——というわけではないが、そこは若いエリカ。草野(くさの)の運転する車で病院へ戻る途中、ファミレスを見つけると、

「あそこで何か食べよう！」

と、提案した。

アッサリと受け入れられ、車はファミレスの駐車場へ。

店内は結構埋まっていたが、奥のテーブルに何とかつくことができた。

カラフルな写真入りのメニューを眺めていたエリカ、ふと顔を上げ、

「お父さん」

「どうした？　いくら高いものを頼んでもいいぞ」

「どうせそんなに高いもの、ないでしょ！　それより、見て、あっちの隅の席」

クロロックは振り返って、

「おや、あの分からず屋の社長さんか」

明美(あけみ)と草野をクビにした、社長の加納(かのう)が、一人でカレーを食べていたのだ。

クロロックたちはオーダーをすませると、加納の方をしばらく眺めていた。

「——どうも不機嫌な顔だな」

「たいてい、いつもしかめっ面(つら)をしています」

と、草野が言った。

「いや、今の顔は、ただのしかめっ面ではない。かなり追い詰められとる」

「このところ、経営が苦しいそうで、このことがなくても、クビになっていたかもしれません」

と、草野が苦笑した。

クロロックは、加納がケータイを取り出し、どこかへかけているのを見た。

「——エリカ」

「うん？」

「おまえ、ここでウェイトレスのバイトをせんか？」

「え？」

　エリカが目を丸くした。

「まあ待っとれ」

　クロロックは席を立つと、通りかかったウェイトレスに声をかけ、

「君、トイレはどこかね？」

　と訊いた。

「あ、そこの奥です」

「すまんが、わしはちょっと足を悪くしとってな。手を引いて連れてってくれんか」

「はい、じゃ、どうぞ。気をつけて……」

　ウェイトレスに手を引かれて、クロロックは観葉植物の大きな鉢のかげへと消えた。

そして——二、三分すると、クロロックは顔を覗かせて、エリカを手招きした。

エリカが立っていくと、

「それを着て、加納の電話を聞いてこい」

クロロックは、ウェイトレスの制服を手にしていた。

「お父さん！　あの子を裸にしたの？」

「人聞きの悪いことを言うな」

「でも——」

「あの子は今、ハワイの海辺で日光浴をしておる」

催眠術をかけたのだ。

「分かったよ」

「早くしろ。いくらなんでも私がこれを着るわけにいかん」

エリカも、その点は納得せざるを得なかった……。

「何とも申し訳ありません」

加納は、ケータイを手に、まるで目の前に相手がいるかのようにペコペコと頭を下げていた。

「まさかこんなことになるとは……」

「言いわけはいい」

と、相手が言った。

「ともかく、何とかしろ。おまえの責任だ」

「はあ。しかし今さら……」

「もう一度事故を起こすか」

「それでは、疑われてしまいます」

「では、自分で考えろ」

「はあ……」

「バスの転落で、乗客全員死亡。その予定がくるったんだ、何とかして、事態をまとめろ」

「では、まず我が社を……」

と、加納は言いかけて、

「ですが、どうすれば……」

「少しは自分で考えたらどうだ」

「すみません」

「今回の乗客に、お詫びするという名目で、おまえの社に集まってもらえ」

「なるほど、それなら――」

「そこに、あの運転手を。――分かるな」

「はいっ！」

「任せたぞ」

と、相手は言って切った。

加納はケータイで会社へかけると、

「――うん、そうだ。全員集まってもらえ。うちの社の会議室だ。――分かったな？ ――何だ？ ――そうだな、お詫びに見舞金を差し上げたい、と言え。いくらかは言わなくていい」

加納は少し考えて、

「そうだな、夜の七時ころがいい。——分かったな」

指示をすると、加納はすっかり機嫌が治ったようで、

「おい、コーヒーのおかわりだ。それと、チョコレートパフェをくれ！」

と、そばにいたウェイトレス——エリカを捕まえて言った……。


「ネットで見たよ」

と、エリカが言った。「今、〈K地所〉の社長はペテルソンっていう人だって」

「北欧系か」

「ネットだと、スウェーデン出身って書いてあるよ」

「事実かどうかな」

クロロックたちは、ホテルに戻っていた。

——事件の調査も家族サービスも、どっちもこなさなくてはならないのだから、クロロックも大変だ。

「——あの加納がしゃべった相手は、日本人だよね」

「どうかな。日本語の達者な外国人は珍しくない」

と、当人も外国人のクロロックは言った。

「でも、草野さんをどうするのかしら？」

「うむ……。今夜七時に、あのバスの乗客を集めると言ったな。——草野を見張った方がいいかもしれん」

部屋で寛いでいたクロロックのところへ、虎ノ介が走ってきた。

「おお、愛しの虎ちゃん！　おまえは世界一可愛いぞ！」

と、クロロックが抱き上げて頬ずりする。

「私は？」

涼子が浴衣姿で立っていた。

「私は世界一じゃないの？」

「いや、おまえも世界一だ！」

「二人も世界一がいるの？」

「劇や映画もダブル主演ということがあるだろ。私にとっては、おまえも虎ちゃんも主演スターだ！」

「そうね……。まあ私はスター
に違いないけど」

クロロックが涼子を抱き寄せてチュッとキスする。

エリカは、ちょっと肩をすくめて、

「今夜は私一人で行くしかなさそうね……」

と呟いた。

病院を出ようとした草野のケータイが鳴った。

「――もしもし」

「草野か。加納だ」

「あ、社長……」

「さっきはひどいことを言って、すまなかった。俺もついカッとしていてな」

「いえ、それはもう……。ただ私はいいんですが、明美ちゃんは何とかクビにしないでくださいませんか」

「うむ。おまえもドライバーとしてはベテランで、貴重だ」

「そうおっしゃっていただくと……」

「どうだ、少し落ちついて話をしよう。今夜社へ来てくれ」

「はい、喜んで！」

草野は声を弾ませた。

「では——七時半でどうだ」

「分かりました。必ず伺(うかが)います」

「待ってるぞ」

草野は、この分なら何とか二人ともクビにならずにすみそうだと思うと、足取りも軽くなって、病院から表通りへと出ていった……。

放　火

「皆様には大変ご迷惑をおかけしまして……」

と、加納(かのう)は言った。

「私どもとしては、誠意を持って、皆様にお詫びの気持ちをお届けしたいと存じます」

――〈Sバス観光〉の本社ビル、といっても四階建ての古いビルだ。

四階の会議室に、あのバスの乗客が集まっていた。全員ではないが、二十人近くやってきている。

「いくらくれるんだ？」

と、一人がズバリと訊(き)いた。

「はい。まず、あのツアーの参加費としていただいた分は、全額お返しいたします」

と、加納が言うと、

「当たり前だ！」

「それで済まそうっていうの？」

と、たちまち反発の声が上がる。

「いえ、とんでもない！　あのような恐ろしい体験をなさったのですから、そのお詫びも——」

「精神的損害はどうなる！」

「地面に飛び下りて、シャネルのスーツがだめになったわ！」

「まあ、皆様、落ちついてください」

と、加納は汗を拭いて、

「ともかく、まずお菓子を召し上がっていただきながら。——君」

控えていた女子社員数人が、お茶と和菓子を客に配り始める。加納はチラッと時計を見た。

七時半だ。

草野は、夜道をやってきた。

いつも通っている道だが、あの事故で、いささか敷居が高い。

それでも、四階建てのビルに着いて、中へ入ろうとすると——。

「待ちなさい」

と、呼び止められた。

「私でしょうか？」

「草野さんだね、ここのドライバーの」

上背のある大柄な男だが、暗くて様子がよく分からない。

「そうですが……」

「話がある」

「ですが——社長に呼ばれておりまして」

「分かっている」

「といいますと……」

男が、何かを草野の鼻先へ近づけた。強烈な匂いをかぐと、草野は一瞬めまいを起こして、よろけた。

「おまえは、会社を恨んでいるな」

と問われて、

「恨んで……」

「そうだ。自分の責任でもないことで、クビにされるのは理不尽だからな」

「はい、それは……」

草野は頭がボーッとしてきて、その男の言葉だけしか耳に入ってこなかった。

「おまえは決心したんだ。この冷たい会社に仕返ししてやろうと」

「仕返し……」

「そうだ。こんな会社など、燃えてしまえばいい！」

「そうです……。燃えてしまえばいい……」

「おまえには、火をつける権利がある。少しも申し訳なく思う必要はない」

「権利があります……」

「そうだ。さあ、これで火をつけろ」

男が、草野にポリタンクを手渡した。

「石油をかけて、火をつけるんだ。できるな？」

「はい、もちろんです」

「さあ、ライターだ。——裏に回って、裏口の辺りで石油をまいて火をつける。簡単なことだ」

「簡単です……」

「よし。さあ行け。この会社に思い知らせてやれ！」

「はい。思い知らせてやります……」

ポリタンクとライターを手に、草野はビルの裏手へと回っていく。

男はニヤリと笑って、素早く姿を消した。

七時四十分になった。

「ちょっと失礼いたします」

加納は立ち上がった。

「逃げるんじゃないだろうな！」

と、乗客の一人が言った。

「とんでもない！　現金を用意しますので、少々お待ちを」

加納は会議室を出ると、階段を下りていった。

「社長、もう帰っていいですか？」

と、女性社員が欠伸（あくび）している。

「少し待ってろ。ちょっとトイレに行ってる」

加納は廊下へ出ると、

「そろそろ火の手が上がるころだな」

と呟いた。

逃げ遅れて焼け死ぬのはごめんだ。

よし、こっそり出よう……。

社員も死ぬかもしれないが、仕方ない。

加納は、残っている女性社員に気づかれないように、足音を忍ばせて裏口のドアを開けた。

「——あれ？」

ドアの前には、チョコンとポリタンクが置かれて、その上にライターがのっかっていた。

「これは……」

どう見ても「放火」の道具だろう。

しかし——草野の奴がやるはずだ！

加納はキョロキョロと周囲を見回したが、草野の姿は見えなかった。

「妙だな……」

少し待ってみたが、草野は現れない。

ドアが中から開いて、

「社長、大丈夫ですか？」

と、女性社員が声をかけた。

加納はあわててポリタンクの前に立って隠すと、

「うん……。ちょっと頭が痛くてな……」

「頭、痛いですよね」

と、女性社員は肯いて、「上のお客さんたち、どうするんですか？　早く現金をよこせって騒いでますけど」

「もう少し待ってもらえ！　今、用意していますと言って」

「用意って……。今、現金なんてろくにありませんよ。お客さんたちに分けたら、一人千円にもなりません」

「そ、そんなにないのか？　――ま、いい。ともかく少し待ってくださいと言って……。君が歌でも歌ってろ」

「社長！　真面目に言ってください」

と、ふくれっ面になって、女性社員は中へ入ってしまった。

「やれやれ……」

どうなってるんだ？

加納はケータイを取り出したが、

「――しまった！」

電池が切れていた。充電するのを忘れていたのだ。

「そうか」

こうなったら、自分の手で火をつけてやる！　後で草野が放火するのを見た、と証言すればいいのだ。

加納はポリタンクのふたを開け、中の石油を、裏口の周囲にまいた。油の匂いに顔をしかめて、

「くさい！　――しようがないな、全く！」

ライターを手に取り、火をつけようとしたが……。発火しない？

「古いのか、これ？」

マッチ？　そんな物、どこにある？

ポケットをかき回したが、そう都合よくマッチやライターは出てこない。

「ちくしょう！」

頭にきた加納は、ライターを足下に叩きつけた。すると——火花が飛んで、パッと火が燃え上がったのだ。

「ワッ！」

びっくりして飛び上がると、炎が見る見る裏口のドアに広がっていく。

「やった！　やったぞ！」

早いとこ逃げよう。

加納はビルの脇を回って、表の方へ出た。

玄関には、女性社員が立っている。

「——あ、社長。何してたんですか？」

「君、何してるんだ、ここで？」

と、加納が訊くと、

「お客様をお見送りしてたんです」

「そうか。――お見送り？」

「皆さん、すっかり腹を立てられて……。お一人の方が、『今日は女房の誕生日なんだ！　帰らなきゃ』と、席を立たれると、皆さん『私も』『私も』とゾロゾロ立たれて……」

「――帰っちまったのか？　みんな？」

「はい。今、最後の方をタクシーにお乗せしてお見送りしたところです。――社長！　しっかりしてください！」

よろけて、危うく倒れかけた加納は、

「いや、大丈夫……。ただ、ちょっと遅すぎて……」

「は？」

「いや……何でもない」

「――何だか、こげくさくありません？」

「そうか？」

正面のドアを開けると、女性社員は、

「キャーッ！」

と叫んだ。

事務所はすでに火の海だった。

「社長、火事です！」

「うん……」

「早く一一九番！」

「うん……」

後ずさると、加納は自分の会社がたちまち火に包まれるのを、呆然として眺めていた……。

取調室

刑事が取調室に入ってきた。

「待たせたね」

「いえ……」

加納(かのう)はハンカチで涙を拭(ぬぐ)い、

「本当に……この手で育ててきた会社が、アッという間に灰になるとは……」

「悔しいだろうね」

と、刑事は加納の向かいの椅子にかけて、

「放火した奴が憎いだろう」

「もちろんです！　草野(くさの)はまだ見つかりませんか」

「やっと見つかったよ」

「そうですか！」

加納はホッと息をついて、

「うんと奴を絞ってやってください！」

「それで――」

と、刑事はメモを見て、

「あんたのとこの社員の証言もあるが、火が出たのはだいたい夜八時ごろだね」

「間違いありません」

「そうか」

と、刑事は肯いて、

「しかし、草野は放火などしとらんと言ってるぞ」

「そんなのは大嘘です！　私は、奴が逃げる姿をちゃんと見たんですから」

「確かに草野だったんだね？」

「そりゃもう、絶対に間違いありません！」

「それは妙だ」

「は？」

「その時刻、草野は他の場所にいた」

「そんな……。そんなのはインチキです！　奴に頼まれて、嘘をついてるんですよ！」

「警官がか？」

「――え？」

「草野は車を運転していて、三〇キロオーバーのスピード違反で捕まったんだ。八時には間違いなく警察署にいた」

加納は啞然として言葉がなかった。

「――なあ、加納さん」

と、刑事は言った。

「あんたは自分の匂いに気づいとらんだろうが、油くさいよ。そのズボンのしみ、上着の袖口の汚れ。――どうも、それは石油のようだがね」

「いえ、これはその……」

「あんたのところの社員の女性も、あんたが草野を見たとは思えないと証言しとるよ」

「あいつは……私を恨んでるんです。いつか、昼飯にカレーライスを食べたとき、私が財布を忘れて、あいつに払わせたので……」

「後で返さなかったのか？　呆れたケチだな！」

「しかし……」

「いい加減にしろ！」

と、刑事に怒鳴られて、加納はシュンとしてしまい、まるで三分の一くらいに縮んだように見えた……。

社長室のドアが開いて、長身の男が入ってきた。

そして社長の椅子に誰かが座っているのを見ると、

「誰だ！」

と、叫ぶように言った。

「〈クロロック商会〉の社長、フォン・クロロックだ」

「——あの山をうろついてた男だな。どうやって入った?」

「そんなことをいちいち訊くのかね?」

と、クロロックは言った。

「ペテルソンと名乗っとるようだが、どう見ても髪を染めた日本人だな。多少催眠術をかじっただけの」

ペテルソンは上着のポケットからびんを取り出し、ふたを外した。

「よせよせ、けがをするぞ」

と、クロロックが言うと、ペテルソンの手の中で、びんは粉々に砕けた。

「ワッ!」

と、ペテルソンは飛び上がった。

「——あのバスが昼食に寄った所で、食事に薬を混ぜて、催眠状態にしたのだろう。あのバスガイドが、抵抗力を持っていなかったら、大惨事になるところだぞ」

「大きなお世話だ」

「大事故が起こって、あの山周辺の土地が値下がりするのを待って買い占めるつもりだったのだろう。しかし、あの加納という使えん男を引き入れたのが失敗だったな」

「何のことを言っているのか――」

「加納は自分が放火して、あのバスの乗客を殺そうとしたと自白した」

「そんな馬鹿な！」

「ドライバーにかけた催眠術はそのままにしてな、『火をつけるのは他の人間がやるから、あなたは車をぶっとばしなさい』と、娘が指示し直したのだ」

と、クロロックは言った。

「おい、エリカ」

ドアが開いて、エリカが入ってきた。一緒にいるのは、あのバスガイド明美(あけみ)の妹、朋子(ともこ)だ。

「指示し直したのは、この朋子ちゃんよ」

と、エリカは朋子の肩に手を置いて、

「朋子ちゃん、分かる？」

「ええ。目の前に、悪い奴がいる」

「何だと！」

ペテルソンが、娘二人なら、と思ったのか、殴りかかろうとしたが、見えない壁に弾き返されたように転倒した。

「この子は、目が見えない代わり、姉以上にふしぎな力を持っておる」

と、クロロックは立ち上がって、

「同じ手口を他にも使ったのか？　よく調べてもらうことだな」

ペテルソンは、やっと立ち上がると、

「化け物め！」

と、怒鳴った。

「私は吸血鬼だ。間違えんでもらおう。化け物はおまえの方だな」

「こいつめ！」

と、ペテルソンはクロロックにつかみかかったが、クロロックが指で弾くと、壁まで飛んでいってぶつかり、床にのびてしまった。

「――凄い力ですね」

と、朋子が言った。

「私もそんな力が欲しいわ」

「姉さんを助けて、仲良く暮らすことだ」

と、クロロックは言った。

「はい」

社長室のドアが開いて、

「社長――」

と、顔を出したのは――。

「やあ、山で会ったな」

「あんた……。社長に何をしたんだ？」

「社長さんはお昼寝だ。間もなく警察が来て逮捕されるぞ。共犯になりたくなければ、早く退職することだな」

呆然としている社員を後に、クロロックたちは社長室から出ていった。

「お礼に上がりました」

〈クロロック商会〉の社長室へ入ってきたのは、真新しい制服の大河(おおかわ)明美と、草野だった。

「やあ、良かったな、新しい仕事が決まって」

と、クロロックはニッコリ笑った。

「今度は大手のバス会社ね」

と、来合わせていたエリカが言った。

「おかげさまで。——でも、あのお客様たちがご無事で良かったです」

と、明美は言った。

「私も放火犯にならずにすみました」

と、草野が言った。

「スピード違反の方は大丈夫だった?」

「はあ。加納社長の事件で、うやむやに……」

——ペテルソンと名のっていたのは、日本人の詐欺師と分かった。催眠術を利用して、会社のオーナーを騙し、社長のポストを手に入れていたのだ。

「〈K地所〉も、本来のオーナーの手に戻ったそうだ」

と、クロロックが言った。

「今回、バス旅行をお申し込みいただきました」

と、明美は言った。

「それに、あの会社の元社員を何人も雇っていただいて……」

「それは良かった」

「ところで——こちらの会社でも、もしバス旅行を企画されておいででしたら、ぜひ私どもに」

明美の言葉に、クロロックはちょっと考えていたが、

「──少しは割引になるかな？」

と訊いたのだった……。

解説

大友花恋

「『ドラキュラ記念吸血鬼フェスティバル』の巻末解説を書いてみませんか？」

そんなお話をいただいた私は、すぐに首を縦にふることはできませんでした。

中学時代の担任の先生は、学級文庫に、図書室の本だけでなく自分の読み終えた本を置いていました。そのうちの一冊を何気なく手に取った私は、先生と本の趣味が完全に一致。先生と『本仲間』として語り合ううちに、本の虫となりました。以来、中学時代も高校時代も、カバンの中には常に何かしらの本。出先で本を読み終えてしまった時には、書店に駆け込むような暮らしをしています。

巻末解説のお話は、そんな私にとって、とても光栄なことでしたが、すぐに「お受けしたい！」と言えなかったのには二つの理由があります。

一つ目は、解説という大役に気負ってしまったこと。一冊の読書体験は、解説まで含まれると思います。解説から読む方も、本編から読む方もいらっしゃいますが、私は後者です。物語を読み終えて様々な感情が駆け巡り、先程までの壮大な文字冒険と自分の生きる日常の、心のピントがポーッとぼやけるような、サウナでいう『ととのっている』状態（流行りを意識してサウナで例えてみましたが、私はサウナ経験がないのであくまで推測です）。その心の隙間に解説が滑り込んでくると、新たな気づきや感情が生まれ、物語がさらに面白くなります。解説は、その物語の読後の感想をはじめて共有する相手で、読後の余韻を作る一部です。

そんな責任重大な役割を、自分がまっとうできるのだろうかと不安に思いました。

二つ目は、お恥ずかしながら『吸血鬼はお年ごろ』シリーズが未読であったこと。もちろんこの有名なシリーズは存じ上げており、図書室や書店の本棚にずらりと並ぶ背表紙を眩しく眺めていましたが、その歴史や存在感に尻込みしてしまっていたのです。

この二つの理由から、多くのファンのいるこのシリーズの解説を私は務めることができるのだろうかと悩みました。

解説を頼んでいただいたことはとても嬉しく、なんとか期待に応えたいが、不安がある。そんな気持ちを抱えていた私は、何はともあれ読んでみることにしました。

何十冊にも渡るこのシリーズの中から、まず手に取ったのは六冊。全体の雰囲気や世界観に触れたくて、邪道ではありますが感覚的に気になったものをランダムに選択させていただきました。

お仕事で本と向き合うときは「よし、読むぞ」と、気合を入れて本を開きます。読んでいる間も、ここは付箋（ふせん）を貼ろうとか、ここはポイントになりそうだから覚えておこうとか、どこか力が入ります。「ゆくゆくは私の感想を誰かに届けることになるんだ」と責任を感じ、心だけでなく、頭まで使いながら本を読むことが多くなるのです。

一冊目、『吸血鬼はお年ごろ』を開くときも「よし」と思いました。

しかし、ページを捲るごとに、そんな気合がスルスルと解かれていくのです。気がつけば、二日間で六冊を読み終えていました（そして、そのまま追加で数冊購入したことは言うまでもありません)。

楽しすぎる物語の感想を誰かに伝えたくて、共有したくてうずうずして、不安に思っていたことが嘘のように、「解説を書かせてもらいたい!」という想いに変わっていきました。

拙いながらに、読後の興奮をそのまま抱えて、ペンを走らせている次第です。「解説するかもしれないから」と力んでいた私の気持ちを緩めてくれたのは、赤川さんの物語の力です。

まず文体。赤川さんの文章は、とても軽やかです。難しい言葉を使わず、一つの文章が短く、小学生でも純粋に物語を楽しめるような作りになっています。会話文のカギかっこによって生まれる文章の間の余白は、ページを捲った時の迫力を和らげ、リラックスして読ませてくれます。

そして、物語。一編ごとに場所や状況が変わるので、次はどんな事件が起こるのだろうと、そのバラエティの豊かさに魅了されます。シリーズがこれほど長く続いても飽きない魅力がそこにはあります。しかしながら、「どんな事件が起きてもクロロックさんなら解決してくれる」という裏切らない確実さもあり、読み手は安心するのです。

　そして、何より一番の魅力は、キャラクターたち。どこかミステリアスだけど正義心に溢れた吸血鬼と人間のハーフ・エリカ。圧倒的なパワーと、長く生きてきた人間力（人間ではないけれど）を持った吸血鬼・クロロック。その二人の吸血鬼ならではの活躍は見ていて爽快でありながら、自分までも二人をよく知る友人になった気分がして鼻が高くなります。

　緊迫のシーンをカジュアルに緩めてくれる、チャーミングな嫉妬深さを持つエリカよりも若いクロロックの後妻・涼子。その息子・虎之介。ご飯が大好きなエリカの友人・みどり。読者と同じ目線でいてくれるエリカの友人・千代子。四人の存在も、忘れてはいけません。

『吸血鬼はお年ごろ』シリーズは、様々な要素を伴って、幅広い世代の暮らしに長年寄り添ってきたのです。

　普段の私は、女優としてドラマや映画で様々なキャラクターを演じながら暮らしています。そんな私に対してこのシリーズは「これを、誰がどのように演じたら、面白い？」という質問を持って、寄り添ってくれました。

エリカはミステリアスな美しさがあるから、○○が演じてくれたらしっくりくるな。クロロックの包容力と少し抜けた感じはこういうお芝居をしたらイメージがハマるだろうな。私だったら、どんな役に挑戦させていただきたいかな。

丁寧かつ簡潔な物語は、そんな想像をムクムクと広げてくれました。皆さんとも、語り合いたいものです。

ちなみに私は、表題作「ドラキュラ記念吸血鬼フェスティバル」の岡崎美音を演じたいです。

たくさんの物語があるなかでも、この一編は私のお気に入りだからです。

舞台は、広告代理店。この物語の主人公である生野昭夫は、とあるイベントの仕様を急遽変更するために奔走しています。厳しいチーフ・夏目順子に、なぜか突然企画を認められ、後輩の岡崎美音の力を借りながらも仕事に育児に追われ疲弊していく生野（生野には生まれたばかりの子供がいるのです）。そんな生野と夏目が登場する嫌な夢を見る美音。小さな事件が起こり、段々と不穏な雰囲気が漂うなか、イベントはどうなるのか、そして、エリカとクロロックはどのように絡んでいくのか。

激しい事件から始まる物語ではないのに、じわじわと違和感が広がり、クライマックスにかけて大きな衝撃へと変わっていく……。リアルに描かれていた日常が吸血鬼のいるファンタジーな世界へと移り変わるさまは、目を凝らしていても気が付かないほどの綺麗なグラデーションで圧巻です。

さらにこの物語は、クロロックの他にも、吸血鬼が登場します。吸血鬼VS.吸血鬼。頂上決戦が起こるような感覚があり、特にドキドキしました（先に解説を読む方もいらっしゃると思うので全ては書きませんが、その吸血鬼もなんだかセクシーで怖く美しいです。クロロックさんとは別の、もう一つのヴァンパイアのイメージに近いです）。

このように振り返ってみて、やはりお気に入りの一編だと切に思います。

この物語には吸血鬼が登場しますが、他の物語では狼男などの他の西洋の妖怪も度々登場します。彼らは人間の出来心や弱い心にぬるりと入り込み、事件を巻き起こします。

読んでいて思うことは、人間だから、妖怪だから、という枠組みで物事を見てはいけないということ。

一見、力の弱い人間でも、歯車が崩れたときにとても恐ろしいことをしてしまうし、特殊能力を持つ妖怪でもクロロックのように周りのために生きることができます。見た目や環境に惑わされず、お互いを大切にすることで生まれる温(ぬく)もりを、この物語は教えてくれます。

『多様性』というキーワードが広がる昨今。

赤川さんは、そのずっと前からクロロックたちを通じて、多様性の本質の部分を、世界に届けてくれていました。

『吸血鬼はお年ごろ』シリーズに触れた人たちは、クロロックに流れる温かい血を心に宿し、今日を過ごしているはずです。そんな、クロロックの分身のような人たちが歯車になっているこの世界。だからこそ、いつか、エリカやクロロックに会えるような気がしてなりません。

現在の私は、幸運にも、突然謎の二億円が口座に振り込まれることもなく、ビルから突き落とされる夢を見ることなく、転落するバスに乗り合わせることもありません。

その『いつか』は、まだまだ先になりそうなので、しばらくはこの物語の中で彼らに出会い続けようと思います。

（おおとも・かれん／モデル、女優）

この作品は二〇一二年七月、集英社コバルト文庫より刊行されました。

赤川次郎の本

誇り高き週末

70歳の大富豪が、突然再婚を発表する。しかもお相手は28歳！　彼の財産を狙う親族たちは、複雑な思いで週末の花嫁披露パーティに赴くが、そこに前妻の幽霊が現れ——。表題作他２編。

集英社文庫

集英社文庫

ドラキュラ記念吸血鬼フェスティバル

2024年2月25日　第1刷　　定価はカバーに表示してあります。

著　者　赤川次郎
発行者　樋口尚也
発行所　株式会社　集英社
東京都千代田区一ツ橋2-5-10　〒101-8050
電話　【編集部】03-3230-6095
【読者係】03-3230-6080
【販売部】03-3230-6393（書店専用）
印　刷　大日本印刷株式会社
製　本　大日本印刷株式会社

フォーマットデザイン　アリヤマデザインストア　　マークデザイン　居山浩二

ISBN978-4-08-744624-1 C0193